Kishon
für Steuerzahler
Eine satirische Bilanz

Mit Zeichnungen
von Rudolf Angerer

Langen Müller

Ins Deutsche übertragen von Ephraim Kishon,
Ursula Abrahamy und Friedrich Torberg

Redaktion: Brigitte Sinhuber

Schutzumschlaggestaltung: Wolfgang Heinzel,
unter Verwendung zweier Zeichnungen von Rudolf Angerer
Herstellung: Franz Nellissen
Satz: Filmsatz Schröter GmbH, München
Gesetzt aus 11/13 Lino Walbaum auf Linotronic 300
Druck und Binden: Graphische
Betriebe GmbH, Gütersloh
Printed in Germany
ISBN 3-7844-2358-2

Dieses Buch ist den unbekannten Opfern der siegreichen Schnapsidee Einkommensteuer gewidmet, den Steuerbeamten, die Tag für Tag die absurdesten Gesetze vollziehen müssen und so mit ihren Klienten im selben Schlamassel sitzen.

Nein, in diesem Buch geht es nicht um Kleinkram. Ganz und gar nicht.
Hier geht es um den populärsten Flop unseres Jahrhunderts, um ein Mißverständnis, durch das die halbe Menschheit ganz legal in den Untergrund verbannt wird. Gemeint ist die fiskalische Zauberformel, die den Betrüger zum unbekannten Helden macht und den Gesetzestreuen in einen feigen Hund verwandelt. Die Rede ist von einem staatlichen Reinfall, Lohn- und Einkommensteuer genannt, die in himmelschreiendem Widerspruch zur menschlichen Natur steht.

So, jetzt ist mir leichter.

Der geneigte Leser wird natürlich sofort den Verdacht schöpfen, der Autor habe ein 256 Seiten langes Alibi lediglich als Rechtfertigung für seine angeborene Unlust verfaßt, die öffentliche Bürde mitzutragen.

Unsinn.

Nur ein völlig Übergeschnappter kann glauben, daß ein betriebsfähiger Staat heutzutage ohne

Steuerabgaben regiert werden könnte. Ich meinerseits halte es sogar für natürlich und logisch, daß die Regierung ihren Bürgern anständige Summen für eigennützige Belange wie Staatssicherheit, öffentliche Dienste, Wohlfahrt oder Bingo abknöpft. Gott und Leser mögen mir verzeihen, aber ich bin sogar für eine progressive Besteuerung.

Sollen die Wohlhabenden nur ordentlich blechen. Wer persischen Kaviar kauft, dem sollten getrost zwanzigmal so hohe Steuern aufgebrummt werden wie einem, der sich mit Schwarzbrot begnügt. Wer glaubt, ohne eine Yacht mit drei Kanonen nicht leben zu können, dem soll man ruhig das letzte Hemd ausziehen. Und wer ohne solarbetriebenen Privatjet nicht auskommt, der soll auch noch sein Unterhemd verlieren. Wer High-Society spielt, Micro, Macro, Stereo, Quadro, Turbo zum Lebensalltag zählt, der soll nur ordentlich zur Kasse gebeten werden. Ja, die Reichen sollen nur brav progressive Steuern zahlen – je progressiver, desto besser.

Aber was um Himmels willen hat der persische

Kaviar mit der Einkommensteuer zu tun? Denn, wenn ich mich nicht irre, wird diese Steuer doch nicht auf persönlichen Konsum, Luxusgüter oder Raffgier erhoben, sondern ganz im Gegenteil auf Fleiß, Talent und Anstand.

Ist das nicht ein wenig seltsam? Natürlich finden es alle seltsam, von den Wirtschaftsassen, bis hin zu den Stiefkindern des Schicksals, den fixbezahlten Arbeitnehmern. Keiner zweifelt daran, daß es sich hier um ein chronisches Gebrechen handelt, und dennoch bringt die breite Öffentlichkeit diesem gesetzlichen Übel erstaunliche Sanftmut entgegen. Gut, dann gehe ich eben allein in die Luft.

Eine Bemerkung am Rande: Bei meinen heiteren Vorträgen sind es nur zwei Themen, bei denen das gesamte Publikum in peinliches Schweigen verfällt – die Ehe und die Einkommensteuer. Plötzlich lacht keiner mehr. Und es ist wirklich nicht leicht zu entscheiden, in welcher der beiden Institutionen meine hochgeschätzten Zuhörer da unten schon mehr gelogen und betrogen haben ...

Nein, die Einkommensteuer ist keine Nebensächlichkeit. Im Gegenteil, sie ist der Krebs der heutigen Sozialmoral.

Damit wir uns nicht falsch verstehen: Nicht das Prinzip der Einkommensteuer – so ungerecht es auch erscheinen mag – soll hier in Frage gestellt werden. Was diese Steuer jedoch zum gut inszenierten Alptraum macht, ist der Übereifer, mit dem das nimmersatte Establishment die Steuersätze in schwindelnde Höhen treibt. Als Kollektivstrafe für ehrliche Arbeit sozusagen.

Im Verlauf der letzten siebzig Jahre, genauer gesagt bis zu Präsident Reagans revolutionärer Reform im amerikanischen Steuerdschungel, pendelte der Spitzensteuersatz in der freien Welt zwischen 56 und 103 (in Worten einhundertunddrei) Prozent...

In Schweden, dem Wallfahrtsort des Steuerwesens und – zumindest bis zum kürzlich erfolgten unüberhörbaren Zusammenbruch der schwedischen Wirtschaft – erklärten Wunschtraum des gesamten sozialistischen Westens, richtete die berühmte Kinderbuchautorin Astrid Lindgren ein Schreiben an ihren Finanzminister. Sie setzte ihn untertänigst davon in Kenntnis, sie bezahle derzeit 102 Prozent Einkommensteuer. Das Finanzamt ließ sich Zeit mit der Antwort, da es mit dem Steuerhinterziehungsfall Ingmar Bergman alle Hände voll zu tun hatte. In dieser Epoche vielbewunderter sozialer Gerechtigkeit war an den Türen von Stockholmer Ärzten der Vordruck angeschlagen: »Wegen der mörderischen Steuersätze bleibt die Praxis bis Anfang nächsten Jahres geschlossen. Wir bitten unsere Patienten um Verständnis.«

Die guten Stockholmer zeigten volles Verständnis, nahmen einen tiefen Schluck schwedischen

Lebenselixiers und eilten nach Hause, um ihre gefälschten Benzinbelege vorschriftsmäßig in der Schuhschachtel einzusortieren.

Da waren die schwindelerregenden Einkommensteuersätze in meinem klitzekleinen Land schon eher gerechtfertigt. Die israelische Wirtschaft war schließlich im Jom-Kippur-Krieg 1973 gerade noch einmal mit einem blauen Auge davongekommen. Als Folge davon entrichtete ihr ergebener Diener jahrelang 87,4 Prozent Einkommensteuer an einen anonymen Finanzbeamten, der auf seinen Steuerbescheiden jedesmal hinzusetzte: »Ich bitte tausendmal um Vergebung, Herr Kishon.«

Wie kam es aber, daß ich mich immerhin noch an ganzen 12,6 Prozent meines Einkommens laben durfte? Ich gebe es ungern zu, aber als Schriftsteller genoß ich, von allen beneidet, gewisse Sonderrechte. Um das näher zu erläutern, holte ich aus dem hintersten Winkel meiner Schublade das Protokoll des historischen Gesprächs hervor, das ich seinerzeit mit dem Famulus meines Finanzministers führte.

Aus steuermoralischen Gründen

»Entschuldigen Sie, Herr Staatssekretär«, eröffnete ich unser Geplänkel, »sind Sie es, der die Steuerhöhe festsetzt?«

»Warum fragen Sie?«

»Ich frage, weil der Spitzensteuersatz derzeit 102¾ Prozent beträgt.«

»Schon möglich. Ich habe nicht nachgezählt.«

»Stört es Sie nicht, daß die Höhe unserer Steuern zum Himmel stinkt?«

»Ich bin kein Umweltfanatiker, mein Herr. Ich bin Wirtschaftswissenschaftler.«

»Dann verraten Sie mir doch bitte, wofür wir überhaupt noch arbeiten sollen.«

»Ihre zynische Einstellung schockiert mich. Kann denn ein ehrlicher Bürger ohne Arbeit leben?«

»Und von der Arbeit kann er?«

»Es handelt sich doch nur um eine vorübergehende Regelung. Wenn wir die Mehrwertsteuer um 4¾ Prozent anheben, werden sich die direkten Steuern ohne weiteres auf 98 Prozent senken lassen und schon sind wir wieder unter 100 Prozent.«

»Um lächerliche zwei Prozent.«

»Suchen Sie sich doch eine Nebenbeschäftigung. Hunde Gassi führen ist praktisch steuerfrei.«

»Ich werde mich bemühen. Aber zur Zeit scheinen mir 102¾ Prozent wirklich etwas zu hoch.«

»Zweifellos. Der Finanzminister ist sich des Problems auch durchaus bewußt. Wir haben lange nachgedacht. Einige Mitarbeiter äußerten sogar die Befürchtung, es könnte vielleicht die Arbeitsfreude trüben, wenn die Leute auf jede Mark, die sie verdienen, 2¾ Pfennig drauflegen müssen. Letzten Endes sahen wir aber doch keine Alternative.«

»Warum nicht?«

»Der Präsident der Weltbank aus New York hatte sich angekündigt.«

»Ich verstehe. Man wollte ihn durch unsere Opferbereitschaft beeindrucken.«

»Genau. Der Mann war hingerissen. Wir haben ihm daraufhin zugesagt, daß wir all jene Steuerzahler ins Kreuzverhör nehmen werden, die eine Steuerrate von hundert Prozent erreicht haben. Schließlich müssen wir ja herausfinden, woher diese Schlitzohren das Geld nehmen, mehr zu zahlen, als sie verdienen, nicht wahr? Wir hätten so sicherlich einige dubiose Elemente zur Rechenschaft ziehen können. Der Finanzminister hat es sich jedoch im letzten Moment anders überlegt.«

»Warum?«

»Aus steuermoralischen Gründen.«

»Da ist was dran. Wenn bisher nur zwei Drittel der Bevölkerung Steuern hinterzogen haben, hätten es nun alle getan.«

»Wir sind nun mal ein mediterranes Land.«

»Unbestreitbar.«

»Aber vergessen Sie nicht, daß schließlich die Behörden die Opfer der Umstände sind. Mitte Juni war der Spitzensteuersatz noch recht akzeptabel, alles in allem 95¾ Prozent. Im Oktober jedoch kletterten die Raketenpreise in die Höhe, die Panama-Israel-Bank GmbH verlor an der Elfenbeinküste ein paar Milliarden, und es ließ sich dann nicht mehr vermeiden, auf alle Gehälter einen einmaligen Zwölf-Jahres-Zuschlag von sieben Prozent zu erheben. Bedauerlicherweise lehnte der Gewerkschaftssekretär dies mit Nachdruck ab. Nach langen Verhandlungen wurde jedoch eine Kompromißlösung gefunden: 14 Prozent auf die Hälfte der Gehälter. Dies steigerte den Spitzensteuersatz der wohlhabenden Schmarotzer automatisch auf 102¾ Prozent. Es gab keine andere Lösung.«

»Wären denn 100 Prozent nicht genug gewesen? Um die Privatinitiativen zu fördern, wenn Sie wissen, was ich meine.«

»Wie denn, um Gottes willen? Was hätten die ärmeren Schichten gesagt? Bei uns wird abkassiert und bei den Reichen nicht?«

»Wer erreicht denn eigentlich diesen Spitzensteuersatz?«

»Ich kann Sie beruhigen. Es handelt sich ausschließlich um Monatsgehälter ab 315 Dollar.«

»Das also sind Ihrer Meinung nach die Reichen?«

»Alles ist relativ. Unser Ziel ist es doch, die Prinzipien der klassischen Gleichheitsgesellschaft zu verwirklichen: Arbeit nach Fähigkeit, Lohn nach Belegen. Die Vielverdiener sind bereits unter Kontrolle. Wenn wir schon nicht verhindern können, daß sie sich bereichern, sollen sie wenigstens hinterziehen. Ist doch besser als nichts, oder?«

»Ich hinterziehe nicht.«

»Das ist Ihre Sache, mein Herr. Dem Gesetz nach sind Sie zur Zeit nicht dazu verpflichtet, formal jedenfalls nicht. Und bedenken Sie bitte, daß die Einkommensteuer an sich nur lächerliche 75 Prozent ausmacht, der Rest sind freiwillige staatliche Pflichtanleihen – übrigens eine fantastische Investition: im Jahre 2023 erhalten Sie vom Finanzamt Ihr ganzes Geld zurück.«

»Dann sind wir alle schon längst unter der Erde.«

»Individuelle Tragödien stehen natürlich immer im Bereich des Möglichen. Das Finanzamt kommt den Bürgern jedoch durchaus entgegen. Erst gestern wurden Familienväter mit Kindern über 55 Jahren von der Ledigen-Zusatzsteuer befreit. Kann man mehr verlangen?«

»Ja. Senken Sie die Einkommensteuer.«

»Fangen Sie schon wieder an?«

»Ich frage mich doch nur, wie es möglich ist, daß Bürger eines Landes, die so hohe Steuern zahlen, über private Riesensummen verfügen.«

»Ein Mysterium. Manche bezeichnen es auch als ein Mirakel.«

»Und warum zahle ich dann, ich Esel, alle meine Steuern?«

»Keine Ahnung. Vielleicht sind Sie nicht ganz bei Trost.«

»Möglich. Ich war kürzlich erst beim Arzt.«

»Und was hat er gesagt?«

»Barzahlung, ohne Quittung.«

»Klar. Zeigen Sie ihn an und Sie kriegen zehn Prozent steuerfrei.«

»Vielen Dank, aber ich möchte meinen Lebensunterhalt doch lieber mit ehrlicher Arbeit verdienen.«

»Bitteschön. Dies ist ein freies Land.«

»Gott sei Dank. Obwohl mir persönlich diesen Sommer ein finanzielles Desaster bevorsteht.«

»Wieso das?«

»Ich werde Überstunden machen müssen.«

»Das ist Ihr Problem.«

»Tausend Dank.«

»Keine Ursache. Dafür bin ich da.«

Um eventuelle Mißverständnisse bezüglich dieses Buches und der Absichten des Verfassers zu vermeiden, hier einige erhellende Aspekte.

Dieses Buch möchte keineswegs einer der unzähligen »Ratgeber« sein, der dem Leser tausend legale Tips zur illegalen Steuerhinterziehung auf den Weg gibt.

Ganz im Gegenteil. Ich möchte die Betroffenen auf beiden Seiten der Barrikaden überzeugen, daß man die Probleme weder durch Umgehen der Steuergesetze mit Hilfe akrobatischer Trapezkunststücke, noch durch Ansägen der Trapezseile lösen kann. Eine Lösung wäre, das gescheiterte System langsam, aber sicher verschwinden zu lassen, oder zumindest auf ein erträglicheres Maß zu reduzieren. Als Alternative zur stetigen Erhöhung der Einkommensteuer bietet sich ein drastischer Abbau des Staatsapparates an. Soweit ich mich auskenne, hätte kein Staatsbürger gegen diese Alternative etwas einzuwenden.

An dieser Stelle etwas Persönliches: Trotz aller bitteren Wahrheiten in diesem Buch – und wahrscheinlich um meinen unwiderstehlichen Drang nach Exzentrik zu befriedigen –, ich hinterziehe wirklich keine Steuern. Würde ich es tun, hätte ich es ja nie gewagt, diese Schmähschrift zu schreiben, nicht wahr?

In meinem eigenen Land übrigens holte das Finanzamt vor wenigen Jahren tief Luft und wagte einen mutigen Sprung in den Steuertümpel. Nicht zuletzt wegen Büchern wie meinen und bevor auch noch der letzte Akademiker die Flucht über den großen Teich ergriff. Aber auch das ändert nichts an der verblüffenden Tatsache, daß ein einfacher Bürger wie der Autor heute im belagerten Israel in der Spitzensteuerklasse weniger zahlen muß als in der Schweiz oder in Deutschland. Und seitdem unsere Steuern sich in annehmbaren Grenzen halten, kann der Fiskus plötzlich weitaus mehr Gelder eintreiben als je zuvor. Die Steuerbehörden mag das vielleicht überraschen – mich nicht im geringsten.

Wie entwickelten die Steuersätze sich eigentlich?

Zuerst ganz sachte, später im Eiltempo.

Schon zu Urzeiten soll es einen Häuptling gegeben haben, der seinen prozentualen Fleischanteil von den Büffeljägern des Stammes forderte. Etwas später griffen die Oligarchen mit langen Fingern nach ihren Leibeigenen, und neben der Jungfräulichkeit der Töchter schnappten sie sich auch den Zehenten ihrer Ernten. Die Könige schließlich, aller Komplexe ledig, traten in die Fußstapfen der Raubritter und erleichterten die Kaufleute um ihr überflüssiges Geld.

So richtig in Schwung kam das Ganze aber erst in unserem Jahrhundert, als sich die mehr oder weniger vom Volk gewählten Herrscher fragten, wozu man denn eigentlich soviel Federlesens mache, um sich etwas Brauchbares unter den Nagel zu reißen. So entstand die praktische Idee, aus dem Geldbeutel der Bürger regelmäßig ein Drittel der klingenden Münzen abzuzweigen, ohne zu fragen, wie diese dort hineingekommen sind. Daher stammt auch die Bezeichnung »Hineinkommensteuer«. Im Sinne der Evolutionstheorie stellte sich die naheliegende Frage, warum nur ein Drittel nehmen, wenn man auch zwei Drittel kassieren kann.

Nach dieser Ouvertüre benötigt man zur Beschlagnahme der gesamten Kasse nur noch einige Wirtschaftskrisen oder gut organisierte Kriegsspannungen – und schon kann bei der nächsten Routine-Notstandsdebatte die vorübergehende und zeitlose Erhöhung der Steuern beschlossen werden. So schnell ist das Schicksal der Bürger von einer Handvoll Gesetzgeber besiegelt, die einzigen im Lande übrigens, denen ihre eigenen Gesetze völlig schnuppe sind. Die Sorge, die diesen Politikern allerdings schlaflose Nächte bereitet, ist nur, wie denn zum Teufel die fette Beute unter den Ministerien und Parteifraktionen gerecht, sprich proportional, aufzuteilen ist.

Wo läßt sich ein annähernd treffender Vergleich finden? Bei den Urahnen natürlich.

Salomonisches Urteil

Es waren einmal zwei Mütter, die aufgebracht und hoffnungslos zerstritten, ein heulendes Kind im Schlepptau, in den Palast des König Salomo stürmten. Sie traten vor den Weisesten aller Weisen und baten ihn um ein Urteil, denn beide behaupteten steif und fest, der Bengel sei ihr eigener Bengel.

Der König studierte aufmerksam die Gesichtszüge der beiden Rivalinnen, doch leider brachte das nichts, denn das Kleine ähnelte beiden, vor allem auch deshalb, da sich die beiden Mütter recht ähnlich sahen. Beide waren nämlich der Prototyp einer Mustermama.

»Sage er , o Salomo«, wandte sich die eine an den König. »Wem soll das Kind gehören?«

»Lasset es los«, sprach der König, »und es wird in die Arme seiner Mutter laufen.«

Die Hofdiener ließen also das Kind los, das auch

sofort auf eine der beiden Frauen zurannte und »Mama« schrie. Gleich darauf stürzte es sich jedoch auf die andere und brüllte »Mami!«. Und so ging es dann eine gute Viertelstunde hin und her, »Mama – Mami – Mama – Mami!«, bis es dem Weisesten aller Weisen schwindlig wurde und er befahl, dem Pendeldrama ein Ende zu bereiten.

»So bleibt also nur unser altbewährtes System«, urteilte der König. »Lasset uns das Kind gerecht teilen, jede Mutter kriegt die Hälfte.«

Der Hofmarschall trat vor und hob sein riesiges Beil, doch in diesem Augenblick stieß eine der Frauen einen markerschütternden Schrei aus.

»Nein!« schrie sie. »Nicht mittendurch! Mir gehören mindestens zwei Drittel.«

»Stimmt ja gar nicht«, brüllte die andere. »Maximal sechzig Prozent.«

König Salomo gab das Zeichen, und das Kind wurde im Verhältnis 3/7 : 4/7 aufgeteilt.

»So, das wäre geschafft«, sagten die Mütter. »Und wer kriegt das Beil?«

Es gibt keinerlei Grund, warum sich die Behörden nicht einig werden sollten, wie die Fülle der Einnahmen zu verteilen ist. Ihr Problem sind lediglich die Tücken des demokratischen Systems, diese beschissenen Wahlen, die mit ärgerlicher Regelmäßigkeit alle vier Jahre anstehen. Nach gesundem politischem Menschenverstand wird nämlich die Mehrheit der Bürger ihre bisherigen Plünderer mit Sicherheit nicht wiederwählen, sondern es eher mit ihren Kollegen versuchen, die bisher noch nicht zum Zuge kamen. Aktive Parteifunktionäre ziehen daraus die logische Schlußfolgerung, nicht von der Mehrheit, sondern lieber von der Minderheit zu nehmen.

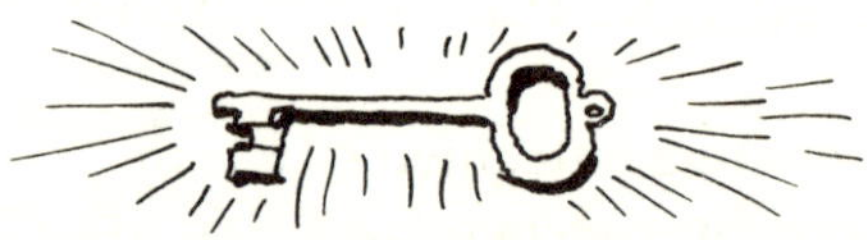

Ladies and Gentlemen, das ist also das Grundprinzip der Heiligen Progressiven Besteuerung, die Verwirklichung von Platos Wohlfahrtsstaat und gleichzeitig der goldene Schlüssel zum sicheren Wahlsieg.

»Die Einkünfte der Begabten, der Fleißigen und der Erfolgreichen (im folgenden ›Vielverdiener‹ genannt), muß man sich schnappen«, flüstert der gesunde politische Menschenverstand, »da sie ja nur eine Minderheit darstellen. Die Beute muß dann unter den weniger Fleißigen und weniger Begabten (im folgenden ›Wähler‹ genannt) in Form von diversen Bestechungsgeldern verteilt werden, denn sie repräsentieren die entscheidende Stimmenmehrheit. Amen.«

Eine ganz einfache Rechnung. Dieses System des finanziellen Stoffwechsels, mit dessen Hilfe sich die eine oder andere Partei die Verewigung ihrer Regentschaft sichert, belegt man in Fachkreisen mit dem Kosenamen »Die gerechte soziale Verteilung des nationalen Einkommens«. Und wie schon so oft in der Menschheitsgeschichte, ist mein kleines Land ein leuchtendes Beispiel dafür, wie man den uferlosen Bereicherungswahn der Vielverdiener erfolgreich lahmlegen kann.

Rettet die Wirtschaft!

»Hier entlang bitte, meine Herren.«

Die schwerreichen Gäste aus aller Welt waren einer Einladung des Finanzministers nach Jerusalem gefolgt, um die wacklige Wirtschaft des jüdischen Staates zu retten. Unter der fachkundigen Führung von Dr. Vollstrecker betraten sie einen kleinen Raum am Ende des Korridors und bedeuteten den zwanzig Beamten, sich bei ihrer Arbeit nicht stören zu lassen.

»Oh, how nice«, überblickte Sir Isaac Wolfson das Zimmer. »Was tut man hier?«

»Dies ist die Hauptabteilung der Einkommensteuerbehörde zur Verhinderung leichterzielter Profite«, erklärte Dr. Vollstrecker eifrig. »Wie Sie sehen, läuft hier alles über Computer.«

Der Blick der Gäste glitt sanft über die große Computeranlage.

»Sämtliche Daten über etwaige Bereicherungsversuche werden hier gespeichert«, fuhr Dr. Vollstrecker fort. »Unsere Mitarbeiter verfolgen mit höchster Wachsamkeit auch die kleinste Bewegung.«

Er zog ein Blatt Papier aus dem surrenden Telex und las den hohen Gästen die letzte Meldung vor: »diesen – winter – wurden – zu – viele – regenschirme – verkauft – stop – regenschirmhersteller – haben – skandalös – hohe – gewinne – eingesteckt – stop – sofortiges – eingreifen – unumgänglich – over.«

»Unsere Mitarbeiter werden den Code umgehend entschlüsseln«, erklärte Dr. Vollstrecker. »Noch heute wird eine dringende Anordnung in Kraft gesetzt, den Zoll auf Regenschirmstoff um 123 Prozent zu erhöhen. Gleichzeitig wird eine drastische Anhebung der Warenumsatzsteuer in dieser Branche eingehend überprüft.«

»Of course«, nickte Lord Ziv. »Aber nehmen wir doch einmal an, die Regenschirmhersteller machen dann immer noch gute Geschäfte. Was dann?«

»In diesen Fall, Sir, werden wir für schönes Wetter sorgen. Sollte die Provokation dann immer noch andauern, wird es sich wohl nicht vermeiden lassen, eine Konventionalstrafe über sämtliche Schirmherrschaften zu verhängen. Nur so können die Gewinne der leichtsinnigen Regenschirmhersteller in möglichst vernünftigen Grenzen gehalten werden.«

»Well«, warf der britische Finanzmagnat Charles Clore ein, »aber was haben Sie eigentlich gegen die Reichen?«

»Ich werde es Ihnen gerne erläutern, Sir«, antwortete Dr. Vollstrecker in vertraulichem Ton. »Diese verwerfliche Verhaltensweise steht doch in eklatantem Widerspruch zu den Grundgesetzen der Natur. Weder in der Pflanzen- noch in der Tierwelt läßt sich eine vergleichbare Neigung zu derart maßloser Geldgier beobachten.«

»Da ist was dran«, bestätigte Baron Edmond de Rothschild. »Man muß uns im Auge behalten.«

Da blinkte plötzlich ein rotes Lämpchen auf der Wandkarte, und wenige Sekunden später hatte der Computer die Daten ausgespuckt.

Wie sich herausstellte, hatte die Firma »Instant Radiergummi International GmbH« am Morgen zwölfprozentige Dividenden an ihre Aktionäre ausgeschüttet.

»Rein formell sind sie gedeckt«, überlegte Dr. Vollstrecker. »Aber wer hätte im Traum daran gedacht, daß diese Halunken Gewinne erzielen?«

Das Problem wurde durch ein kurzes Telefongespräch mit dem Industrie- und Handelsministerium gelöst, das dem weitaus billigeren koreanischen Radiergummi freien Zugang zum lokalen Markt gewährte.

»Wir betreiben eine überaus flexible Wirtschaftspolitik«, so Dr. Vollstrecker. »Wenn die einheimische Firma nächstes Jahr wie erhofft pleite geht, werden wir natürlich den Import des ausländischen Radiergummis unverzüglich untersagen. Sie sehen, wir haben gar nichts gegen profitable Firmen, solange sie keinen Profit machen.«

»Right«, stimmte Lord Green zu. »Man muß sich schon sehr wundern, daß die Firmen darauf keine Rücksicht nehmen.«

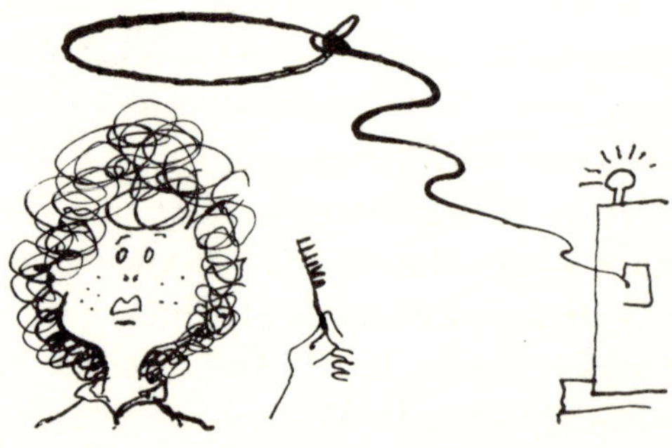

Da leuchtete plötzlich die Kontrollampe der Friseurbranche auf »die – friseusen – jeanette – gisela – und – lilly – verdienen – zu – viel – stop – was –

soll – das – over«. Die Mineralölsteuer für Shampoo wurde sofort um 235 Prozent angehoben. Die Klingel in den Büroräumen der Einkommensteuer gab gleichzeitig drei kurze Alarmtöne von sich, das Zeichen für sofortige Nachforderung neuer Vermögensteuererklärungen aus den Jahren 1948 bis 1988.

»Mit den Jahren vor der Staatsgründung nehmen wir es nicht so genau«, erklärte Dr. Vollstrekker. »Wir tendieren eher dazu, die amtliche Einmischung in den Privatsektor auf ein Minimum zu reduzieren, um der Öffentlichkeit zu ermöglichen, ihre Spargelder ausschließlich in die Steuern zu investieren.«

Das Telex gab wieder ein Blatt Papier von sich.

»rechtsanwalt – avigdor – fleischhacker – gaul – straße – 22 – dritter – stock – rechts – hat – seiner – frau – ein – auto – gekauft – stop – wie – stop – gauner – over«

Das Überfallkommando der Steuerbehörde stellte unverzüglich das verdächtige Auto sicher. Ein Sonderteam entwarf unterdessen in fieberhafter Eile einen Hilfsgesetzesentwurf, der den Erwerb neuer Autos durch Rechtsanwälte aus der Gaulstraße in den nächsten fünf Jahren untersagte.

»Very nice«, lobte Lord Ziv sichtlich beeindruckt. »Hauptsache, die Wirtschaft wird saniert.«

Die Delegation verließ das Zimmer, um zur Wirtschaftsrettungskonferenz zurückzukehren.

»Exquisite!« Sir Isaac brach in schallendes Gelächter aus, als sich die Tür hinter ihnen geschlossen hatte. »Ich danke Ihnen vielmals, lieber Dr. Vollstrecker. Es war wirklich eine vorzügliche Idee, uns diese reizende kleine Komödie vorzuführen.«

»Wie meinen, Sir?«

»Das war doch ... nur ein Witz ... oder?«

Dr. Vollstrecker lächelte vieldeutig.

»Hier entlang bitte, meine Herren ...«

So sieht also die massive Schizophrenie durchorganisierter Finanzämter aus. Einerseits sind alle Finanzminister an Auslandsinvestitionen, an Produktionssteigerung und an der Schaffung neuer Arbeitsplätze durch wohlhabende Unternehmer interessiert – andererseits treibt es sie, denselben Wohlhabenden den letzten Pfennig aus der Tasche zu ziehen.

Hand aufs Herz, Herrschaften: Was hat Vorrang? Irgendeine langfristige Wirtschaftsentwicklung oder rasches Bargeld in der Tasche? Ich hege keinerlei Zweifel daran, daß sogar die Opposition die konkreten Steuergelder vorzöge. Aber keine Sorge. Wenn gelegentlich das eine oder andere Unternehmen in Konkurs geht, kann es immer noch mit großzügigen staatlichen Subventionen hochgepäppelt werden. Und wie wird das finanziert? Natürlich mit den Steuergeldern, die das Unternehmen zuvor ruiniert haben.

Dies ist also der Teufelskreis des zeitgenössischen Steuersystems: die Bereitschaft der Geier, einen Teil ihrer Beute an ihre Bankrottopfer als »Subvention« zurückzugeben. Es ist ein allgemein anerkannter Prozeß. Sogar unser geschätzter Hausinstallateur Stucks wollte seinerzeit Gebrauch davon machen, so wie eben alle anderen gescheiterten Unternehmer.

Subventionspoker

»Hallo.«

»Hallo. Ich hätte gern Herrn Horowitz gesprochen.«

»Am Apparat.«

»Ist das Herr Horowitz, der Direktor des Finanzministeriums?«

»Ja.«

»Hier ist Installateur Stucks. Ich brauche dringend Ihre Hilfe, Herr Horowitz. Ich bin in Schwierigkeiten.«

»Wie bitte?«

»Die Wirtschaftskrise bringt mich um, Herr Horowitz. Ich war immer ein ehrlicher Mann, fragen Sie die Leute, für die ich arbeite. Stucks ist ein Symbol der Zuverlässigkeit. Stucks ist ein Felsen. Aber seit diese Rezession begonnen hat, bin ich so nervös wegen der allgemeinen Lage, daß ich den Einsatz erhöht habe.«

»Welchen Einsatz?«

»Den von Josef Wechsler. Wir spielen beinahe jeden Abend Poker, müssen Sie wissen. Gestern waren 400 Pfund in der Bank, ich hatte drei Könige und dachte mir: ›Im Land herrschen Arbeitslosigkeit und Inflation, also warum soll ich nicht den vierten König kaufen?‹ Im selben Augenblick sagte Wechsler: ›Deine 400 Pfund und noch 600!‹ Was blieb mir übrig, als die Anzahlung von Steiner & Co. zu nehmen, 2000 Pfund für die Leitungsrohre – schließlich habe ich drei Könige in der Hand.«

»Warum erzählen Sie mir das alles, Herr Stucks?«

»Es ist eine Sache des öffentlichen Interesses, Herr Horowitz, Sie werden gleich sehen. Ich setze also die zweitausend Pfund, kaufe zwei Karten, der vierte König kommt nicht und Wechsler hat drei As. Das ganze Geld ist futsch. Ich sage Ihnen, Herr Horowitz, die Regierung schafft eine Atmosphäre von solcher Unsicherheit, daß man nicht mehr klar denken kann.«

»Zweitausend Pfund sind kein horrender Betrag.«

»Ja, wenn es nur die zweitausend Pfund wären. Aber ich ziehe auch in anderen Partien die Zahlungen meiner Geschäftspartner heran. Bis jetzt sind es im ganzen 12 000 Pfund.«

»Und was sagen die Geschäftspartner dazu?«

»Sie wissen noch nichts davon. Deshalb rufe ich Sie ja an, Herr Horowitz. Es ist noch nicht zu spät.«

»Was stellen Sie sich vor?«

»Zuerst müssen wir warten, bis Ruhe eintritt. Wenn Sie als Direktor des Finanzministeriums keinen Skandal haben wollen, dann wird es keinen Skandal geben. Alles hängt von einer ruhigen Entwicklung ab. Man kennt mich weit und breit als einen ehrlichen Menschen, Herr Horowitz. Sollte es sich herumsprechen, daß ich Geld veruntreut habe, werden alle Leute sagen: Um Himmels willen, wenn sogar Stucks so etwas tut, dann sind wir am Ende. Die öffentliche Moral, steht auf dem Spiel, Herr Horowitz. Sie müssen sich Ihrer Verantwortung gewachsen zeigen.«

»Bin ich für Ihr Hasardieren verantwortlich?«

»Ich hatte drei Könige ...«

»Tut mir leid, lieber Freund. Sie müssen sich selbst aus diesem Schlamassel heraushelfen.«

»Daran habe ich schon gedacht, Herr Horowitz. Es geht nicht. Mein Laden ist mit nur 10 000 Pfund gegen Feuer versichert. Das ist zu wenig. Aber wenn Sie meinen Geschäftspartnern sagen, daß das Finanzministerium persönlich für alles haftet, wäre das Problem gelöst. Andernfalls käme es zu einem fürchterlichen Skandal mit gerichtlichen Klagen und Zeitungsartikeln und öffentlichem Gestank. Haben Sie Steiner & Co. schon einmal wütend gesehen? Sein Gesicht wird knallrot, die Adern auf seinen Schläfen treten hervor, es ist ein furchtbarer Anblick.«

»Das hätten Sie vorher bedenken sollen.«

»Ich habe Sie nicht um Ratschläge gebeten, Horowitz, sondern um Staatssubvention. Wenn Sie darauf bestehen, lasse ich meinen Laden auf Sie oder Ihre Frau überschreiben. Aber geben Sie mir 15 000 Pfund als Überbrückungshilfe. Sie können es von der Einkommensteuer abziehen.«

»Vorhin sprachen Sie doch von 12 000?«

»Am Sonntag spielen wir wieder. Aber ich verspreche Ihnen den Einsatz nicht zu erhöhen. Oder nur, wenn ich vier Könige habe.«

»Das ist keine Lösung.«

»Also gut, Horowitz, vier Asse.«

Keine Angst, Stucks' Appell an die Menschlichkeit wird nicht erhört werden. Ein Stucks hat eben nur eine Wahlstimme, bestenfalls zwei, Frau Stucks mitgezählt. Theoretisch behält er aber recht. Das Finanzamt verfügt über ausreichend Mittel, die Bedürftigen zu bestechen. Sogar in einer völlig geleerten Staatskasse ist noch Zaster genug. Das heißt, das Geld ist theoretisch vorhanden und man braucht nur die Einkommensteuer ein klein wenig hochzukurbeln. Und warum sollte man sie nicht hochkurbeln, wenn es bis zu den nächsten Wahlen noch ein Weilchen dauert...

Ja, liebe Freunde, hier zeigt sich die Stärke eines modernen Staatsapparats. Es fällt dem Staat nicht im Traume ein, sich denselben Regeln zu unterwerfen, die er seinen Bürgern auferlegt. Der sterbliche Steuerzahler muß seine Ausgaben den Einnahmen anpassen, bei der unsterblichen Regierung läuft es genau umgekehrt: sie paßt ihre Einnahmen den Ausgaben an. Wie? Erstaunlicherweise mit erhöhter Einkommensteuer. Und alles völlig legal. Taschendiebe kann man fassen, Regierungen nicht.

Wie erwähnt, werden Steuererhöhungen im Rahmen konventioneller Notstandssitzungen der Regierung beschlossen. Und das sieht dann ungefähr so aus:

»Die Stoßtrupps der Steuer- und Zollbehörden führten wie jeden Mittwoch Überraschungsrazzien auf dem Privatsektor durch«, eröffnet der Verantwortliche für die Staatseinnahmen die Sitzung. »Von den 1388 überprüften Firmen und Einzelpersonen waren 1005 nicht mal registriert, 380 sind eindeutige Steuerhinterzieher, drei entrichteten streng nach Vorschrift alle ihre Steuern. Bei den 1385 kriminellen Subjekten wurden unverzüglich Hausdurchsuchungen veranlaßt, und die drei Spinner wurden zur psychiatrischen Behandlung eingeliefert.«

»Sie brauchen es nicht weiter auszuführen«, unterbrach der Finanzminister seine rechte Hand. »Immerhin haben sich drei Steuerzahler an das Gesetz gehalten, klare 200% mehr als im Vorjahr. Was schlagen Sie also vor?«

»Ich denke, daß wir die Steuersätze für die drei Spinner drastisch anheben sollten.«

»O.k.«, entschied der Finanzminister, »also wie üblich.«

Was können die drei Unglücksraben dagegen schon ausrichten? Gar nichts. Außer sich einen der überbeschäftigten Steuerberater einzufangen, der gnädigerweise ein paar seiner kostspieligen Minuten für sie erübrigt.

Hat sich der geneigte Leser eigentlich jemals Gedanken darüber gemacht, wieviel Nerven, Zeit und Aufwand es tagtäglich kostet, die verworrenen Steuergesetze zu umgehen? Seitdem die Menschheit entdeckt hat, daß es weitaus lohnender ist, Zeit und Energie in die Suche nach Schleichwegen im Steuerlabyrinth zu investieren, als die Kräfte mit produktiven Projekten zu verplempern – seither beträgt die weltweit vergeudete Arbeitszeit mehrere Milliarden Stunden pro Tag.

Hier mein persönlicher Beitrag zu diesem Thema:

Einfacher geht es nicht

Zalman Weintraub, Inhaber der führenden Spielwarenfabrik Jerusalems, hatte mich beauftragt, eine ergreifende Dankrede zu verfassen, die er als Beantwortung der Glückwünsche halten würde, die seine Angestellten und Bewunderer anläßlich der Fünfzigjahresfeier seiner Firma an ihn richten wollten. Als Honorar für seine spontane

Antwort bot mir Herr Weintraub die Summe von 530 Pfund an – eine unverhoffte Bereicherung, über die ich im ersten Augenblick hocherfreut war. Mit Hilfe einiger arithmetischer Grundgesetze entdeckte ich jedoch, daß zur Freude kein Anlaß bestand: ich müßte mit meinem Wagen zweimal nach Jerusalem fahren, und der Treibstoff allein würde mich mehr kosten, als mir nach Abzug der Einkommensteuer von meinem Honorar übrigblieb.

»Berate dich mit einem Fachmann«, sagte die beste Ehefrau von allen. »Geh zu Spielberger.«

Spielberger ist der bedeutendste Steuerexperte, den wir haben, ein Mann von ungewöhnlichem Scharfblick, der auch die winzigste Lücke in den Steuergesetzen erspäht. Das glückt ihm um so eher, als er diese Gesetze zur Zeit seiner Tätigkeit im Finanzministerium selbst formuliert hat.

Der Experte hörte mit gerunzelten Brauen zu.

»Die Frage«, begann er sodann, »die Frage ist, verdienen Sie mehr als 310 Pfund im Monat?«

»Leider ja.«

»Haben Sie die Absicht, das Land zu verlassen? Für Emigranten gibt es gewisse Ausnahmebestimmungen.«

»Ich bleibe.«

»Dann haben wir eine schwierige Situation. Könnten Sie nicht mit dem Taxi nach Jerusalem fahren?«

»Nein. In großen Wagen werde ich seekrank, weil sie so schaukeln.«

»Setzen Sie sich neben den Fahrer.«

»Das kann ich nicht riskieren. Im letzten Augenblick steigt vielleicht eine schwangere Frau ein, der ich meinen Platz überlassen muß.«

»Kommen Sie morgen wieder«, sagte Spielberger. »Ich werde nachdenken.«

Am nächsten Tag empfing er mich mit dem Vorschlag zweier Möglichkeiten:

»Die erste ist verhältnismäßig einfach. Ihre Frau erwirbt eine mit Verlust arbeitende Firma und fungiert als Ihr literarischer Agent.«

»Sehr gut. Es kann ja nicht schwer sein, eine solche Firma zu finden.«

»«Bestimmt nicht«, bestätigte Spielberger. »Aber Sie dürfen, das ist eine unerläßliche Bedingung, mit dieser Firma in keinerlei persönlichem Zusammenhang stehen. Sie werden von ihr geschäftlich vertreten. Haben Sie Scheidungspläne?«

»Noch nicht.«

»Dann müssen wir einen anderen Weg gehen.

Die Firma Ihrer Frau wird das gesamte Honorar aus Jerusalem eintreiben und keine Steuer dafür zahlen, denn der Betrag dient zur Verringerung der Minussalden.«

»Eine glänzende Idee.«

»Warten Sie. Wenn das Geld auf Firmenkonto verbucht wird, erhebt sich die Frage, wie wir es wieder herausbekommen. Ihre Frau kann es nicht einfach als Gehalt abziehen, sonst müßte sie dafür Steuer zahlen.«

»Entsetzlich.«

»Es gibt einen Ausweg. Die Firma Ihrer Frau gründet eine Tochtergesellschaft im Namen Ihres Sohns und schließt für Sie eine Lebensversicherung in Höhe des von Weintraub an Sie gezahlten Honorars ab. Lebensversicherungen sind steuerfrei.«

»Muß ich deshalb sterben?«

»Nicht unbedingt, obwohl es die ideale Lösung wäre. Es gibt eine bestimmte Art von Versicherungen, in Fachkreisen ›der lebende Tote‹ genannt, die man nach sechs Jahren kündigen kann, und dann bekommt man die Versicherungssumme bar ausbezahlt.«

»Großartig.«

»Allerdings besteht die Gefahr, daß die Behörden diesen Versicherungsabschluß als Scheingeschäft ansehen. Deshalb sollten Sie als Nutznießer eine dritte Person einsetzen, die weder zu Ihnen noch zu der Firma Ihrer Frau, noch zur Tochtergesellschaft Ihres Sohnes in Beziehung steht. Haben Sie einen Freund, dem Sie vertrauen können?«

»Nein.«

»Dann bin ich bereit, als dritte Person aufzutreten. In einem Separatabkommen zwischen uns beiden übernehme ich die Rolle einer Stiftung. Die Versicherungssumme, die mir am Ende der sechsjährigen Kündigungsfrist ausbezahlt wird, steht Ihnen zur Verfügung.«

»Sie sind ein Genie.«

»Nicht so eilig. Sie müssen die Summe voll versteuern.«

»Was?«

»Das läßt sich vermeiden, indem ich Sie auf der Basis einer Verleumdungsklage ausbezahle.«

»Ich verstehe nicht.«

»Es ist die einzig gesetzlich zulässige Möglichkeit für Zahlungen zwischen zwei hier ansässigen Personen. Für Gelder, die Ihnen vom Gericht als Wiedergutmachung einer wörtlichen oder tätlichen Ehrenbeleidigung zugesprochen werden, zahlen Sie keine Einkommensteuer.«

»Wieso nicht?«

»Solche Gelder gelten als Ehrenspesen. Ich hatte einen ähnlichen Fall, in dem ich meinem Klienten 600 Pfund verschafft habe. Er brauchte sich von mir nur zwei Ohrfeigen geben zu lassen. In Ihrem Fall wird bereits eine kleine Beleidigung genügen. Ich könnte Ihnen zum Beispiel sagen, daß Sie mit ungarischem Akzent sprechen.«

»Das ist keine Beleidigung. Das ist wahr.«

»In sechs Jahren werden Sie ihn vielleicht verloren haben.«

»Ich glaube nicht an Wunder.«

»Wir werden schon etwas finden. Hauptsache, daß Sie mich auf Ehrenbeleidigung verklagen und die Entschädigungssumme mit der Versicherungsprämie übereinstimmt, die von der Tochtergesellschaft Ihres Sohnes zu meinen Gunsten als Stiftung hinterlegt wird, und zwar in der gleichen Höhe, in der die Firma Ihrer Frau das von Weintraub gezahlte Honorar gegen ihr eigenes Verlustkonto verrechnet. Sind Sie einverstanden?«

»Gerne. Aber was ist die zweite Möglichkeit?«

»Daß Sie keine Bestätigung ausstellen und der Steuer die 530 Pfund verschweigen.«

»Kommt nicht in Frage, Spielberger. Das könnte zu kompliziert werden.«

Zu guter Letzt bin ich dann doch nicht nach Jerusalem gefahren. Für Herrn Weintraub war meine Absage ein schwerer Schlag. Er bat um eine dreitägige Frist, um sich mit seiner Steuertruppe zu Beratungen zurückzuziehen. Nach Ablauf der Frist rief er mich an und fragte, ob es mir wohl etwas ausmache, wenn er mich adoptierte?

»Mein lieber Weintraub«, antwortete ich. »Glauben Sie denn wirklich, daß die Behörden dieser stümperhaften Umgehung des Gesetzes nicht sofort auf die Schliche kommen?«

In Fachkreisen nennt man diesen billigen Trick »Scheingeschäft zu Zwecken der Steuerhinterziehung«. Er wird mit drei Jahren Haft und dem Entzug aller politischen Rechte für zwei Monate geahndet. Wegen eines solchen »Scheingeschäftes« können die Steuerbehörden den Kriminellen nach Lust und Laune das Leben vermiesen.

Manchmal ist sich der Steuerhinterzieher seines Vergehens überhaupt nicht bewußt, da er sich mit dem Gesetz nicht auskennt. Nehmen wir doch einmal an, er sagt zu seinem Nachbarn: »Weißt du was, mein Freund, machen wir ein Geschäft. Ich weihe deinen Sohn in die Geheimnisse des Schachspielens ein, und dafür bringt deine Frau meiner Tochter das Klavierspielen bei. Abgemacht?«

Der Mann ahnt nicht, daß er sich mit diesem Angebot ganz gehörig in die Nesseln gesetzt hat. Für die Steuerbehörden ist das ein klares »Scheingeschäft«, eine klassische Steuerhinterziehung. Ein gesetzestreuer Bürger hätte seinem Nachbarn vorgeschlagen, die für Schach- und Klavierstunden üblichen Gebühren zu entrichten, und den Steuerbehörden den ihnen rechtmäßig zustehenden Anteil unverzüglich auszubezahlen. Zwei Drittel etwa. Aber so sind die Menschen eben. Immer nur Ausreden, um keine Steuern zahlen zu müssen.

Es ist jedoch nicht auszuschließen, daß ein Steuerbeamter aus humanitären Gründen mal ein Auge zudrückt und die beiden Gauner laufen läßt. Auch eine Lücke im Gesetz kann weiterhelfen, da die Vorschriften eindeutig, verworren, kompliziert und zweideutig sind, und das mit Absicht. Schließlich brauchen die Steuerbehörden uneingeschränkte Bewegungsfreiheit im Buschkrieg mit den Eingeborenen. In einigen hochzivilisierten Staaten, darunter auch in den USA, gibt es sogar die Vorschrift: »Auch die Einnahmen eines Steuerzahlers im Ausland gelten als Inlandseinnahmen, falls sich der Ausgangspunkt seiner Tätigkeit im Inland befindet.«

Klar? Nicht so ganz?

Na gut, dann geben wir ein Beispiel. Der Autor wird eines schönen Tages von der jüdischen Gemeinde Rotterdam eingeladen, einen Vortrag über, sagen wir die Einkommensteuer zu halten, und man offeriert ihm eine Supergage von 1500 Gulden plus Flug- und Hotelkosten. Ist nun der Ausgangspunkt seiner Tätigkeit Rotterdam oder Tel Aviv? Eine derart schwerwiegende Frage beantwortet man nicht im Handumdrehen. Ich zumindest möchte kein Risiko eingehen und schlage deshalb den Nahen Osten als meinen Ausgangspunkt vor...

Was ich noch zu tun habe, um mich kompromißlos an die Vorschriften zu halten, ist reines Kinderspiel. Zunächst reiche ich beim Finanzamt einen Antrag für Reisespesen in siebenfacher Ausführung ein, damit ich Devisen zur Deckung meiner Kosten erhalte. Meine Rotterdamer Gulden rollen nämlich schnurstracks in die Kasse des Jerusalemer Finanzamtes, denn der Besitz von Devisen wird in meinem Land als Hochverrat geahndet. Gesetz ist Gesetz. Danach notiere ich ordnungsgemäß alle meine Spesen wie Taxifahrten, Gepäckträger, Grapefruitsaft (zwei Gläser), Tageszeitung und Wochenblatt, Gummibärchen, Stadtkarte (Rotterdam), Hosenbügeln (Hotelservice), Telefon, Waffeln, Mitbringsel für Familie (nicht über 5,65 Dollar), Kopfwehtabletten, Solarium, Hafenrundfahrt, Room-Service, Trinkgelder (mit Quittung), Taschenlampe, Batterien, Luftballon, um nur die wichtigsten zu nennen. Belege liegen bei. Der Steuerbeamte unterzieht das Beweismaterial einer eingehenden Prüfung, und es bleibt seinem Urteil überlassen, was er als gesetzeswürdig anerkennt und was er voller Abscheu zurückweist. Dabei behält er stets die heiligste aller Anweisungen im Auge, daß nämlich die Auslandsspesen eines Bürgers niemals den Tagessatz von 57,30 Dollar für Restaurants und 147,03 Dollar für Hotelkosten übersteigen dürfen.

Jetzt aber kommt der Knüller. Wie zum Teufel bewältigt das Finanzamt meine Reise- und Hotelkosten, wenn diese nicht von mir, sondern von der Rotterdamer Gemeinde, also von einem Fremdfinancier übernommen werden? Man könnte das mir so großzügig zur Verfügung gestellte Flugticket eventuell als »Schwarzeinnahme« betrachten, wie es übrigens die deutsche Einkommensteuer bei den Reisekosten ausländischer Künstler handhabt. Und sollten die Hotelkosten (160 Dollar) schließlich doch nicht als »Schwarzeinnahme« beurteilt werden, bleibt immer noch ungeklärt, was man denn mit der problematischen Differenz zwischen den 160 Hoteldollars und den bewilligten 147,03 Dollars anfangen soll.

Das also ist der Stoff, aus dem die Probleme sind. Allerdings bieten sich echte Alternativlösungen an – wie etwa zu Hause bleiben oder in aller Stille nach Rotterdam fahren, ohne die Steuerbehörden damit zu belästigen. Dabei sollte nicht vergessen werden, daß die Auslandspresse der Steuerfahndung uneingeschränkt zur Verfügung steht. So können kriminelle Elemente mit Hilfe indiskreter Schlagzeilen auf frischer Tat ertappt werden. Auch mein Auftritt könnte mir nichts dir nichts in einer holländischen Klatschspalte auftauchen – und dann gnade mir Gott ...

Kurz und gut: Wenn die Steuerbehörde Lust verspürt, kann sie sich jeden, überall und jederzeit greifen. Besonders gefährlich sind Steuerbeamte, die mit übersinnlichen Kräften gesegnet sind.

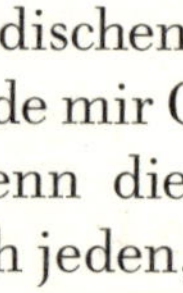

Goldfingers sechster Sinn

Blindes Walten des Schicksals führte zur Entdeckung der übernatürlichen Fähigkeiten, mit denen Inspektor Johann Rudolf Fischbaum von der Einkommensteuerkontrolle (ESTAK) ausgestattet war.

Es begann, als ein gewisser Freddy Mischi, Landwirtschaftliche Maschinen en gros, die Summe von 413 Pfund und 6 Groschen als Einkommen für das Steuerjahr angab und zur gleichen Zeit die linke Seite der Hauptstraße, die mit den ungeraden Hausnummern, sowie sechs dressierte Delphine erwarb.

Ein anonymer Hinweis setzte die ESTAK auf Mischis Fährte. Sie begann Informationen über ihn zu sammeln, ließ durch landwirtschaftlich verkleidete Steuerfahnder seine Traktoren überprüfen, trat mit der Interpol in Verbindung, konsultierte einen Psychoanalytiker und fütterte ihren großen Computer mit den eintreffenden Daten. Das Verfahren trug Früchte: Freddy Mischi mußte einen Teil seiner Einkünfte verschwiegen haben.

Unter persönlicher Führung Inspektor Fischbaums stürmte eine Kommandoeinheit der ESTAK um 5 Uhr 05 morgens die luxuriöse Wohnung des Verdächtigen, machte sich, aus Erfahrung schlau, über den Kleiderschrank her und förderte neben 20000 Schweizer Franken in bar ein geheimes Kassenbuch zutage, das einen monatlichen Reingewinn von 40000 Pfund auswies.

Inspektor Fischbaums starrer Blick fixierte Mischi und bohrte sich durch das offenstehende obere Knopfloch seines hellblauen Pyjamas:

»Also das sind Ihre 413 Pfund jährlich, wie?«

»Bitte«, flüsterte der schlotternde Steuerhinterzieher. »Bitte, ich war gerade dabei, die Sache in Ordnung zu bringen. Ich wäre noch heute zu Ihnen aufs Steueramt gekommen ...«

»Was Sie nicht sagen«, unterbrach ihn Fischbaum sarkastisch. »Ich möchte wetten, daß Ihre sämtlichen Traktoren Sie nicht aufs Steueramt schleppen könnten. Herr Mischi!«

»Ich habe keine Traktoren«, gab der immer noch Schlotternde mit schwacher Stimme zurück. Und mein Name ist Bienstock.«

Wie sich erwies, hatte ESTAK die falsche Wohnung gestürmt, was jedoch Fischbaum in keiner Weise davon abhielt, Bienstocks sofortige Verhaftung anzuordnen. Dann erkundigte er sich nach der Wohnung des Traktorenhändlers.

Da Bienstock in Ohnmacht gefallen und somit zu einer Auskunft nicht in der Lage war, läutete die Kommandoeinheit an der nächsten Wohnungstür. Eine ältere Frau öffnete.

»Entschuldigen Sie die Störung zu so früher

Stunde«, begann Fischbaum. »Wir sind von der Steuerfahndung und wollten nur fragen . . .«

Die Frau schrie gellend auf und stürzte ins Schlafzimmer.

»Sami! Sie sind hier! Rasch! Die Bücher!«

Als die Wohnungsstürmer das Schlafzimmer ereichten, hatte Sami bereits die ersten Blätter seiner geheimen Eintragungen verschluckt. Sie konnten gerade noch den Safeschlüssel sicherstellen, der in seiner Kehle steckte.

Samis Pfund-Depot fand sich in den Bänden »Fidschi bis Granit« und »Lachs bis Luchs« des Konversationslexikons. Seine Frau stand draußen und murmelte immer wieder: »Ich hab's gewußt, Sami, ich hab es dir gesagt, wir müssen irgend etwas deklarieren.« Ihre Lockenwickler enthielten eine beträchtliche Anzahl zusammengerollter Dollarscheine.

»Verhaften und zur Anzeige bringen«, befahl Fischbaum, ehe er in das nächste Stockwerk eilte, wo er ohne größere Schwierigkeiten – es stand auf dem Türschild – Freddy Mischis Wohnung fand. Der Maschinengroßkaufmann versuchte sich gerade der Verhaftung zu entziehen, indem er sich im Badezimmer erhängte. Die ESTAK-Leute aber schnitten ihn rechtzeitig ab, entdeckten in der Tiefkühltruhe seine Bücher, tauten sie auf und stellten fest, daß sein jährlicher Reingewinn nicht wie angegeben 415,06 Pfund betrug, sondern runde zwölf Millionen. Außerdem stöberten sie unter einigen lockeren Fliesen in der Küche größere Mengen von angereichertem Uran auf.

Mischi wurde verhaftet und seine Wohnung versiegelt. Die Schlüssel wollte Fischbaum dem Hausmeister übergeben.

»Ich bin Inspektor Fischbaum von der ESTAK«, stellte er sich vor. »Hier sind ... nein, um Himmels willen ...«

Der Hausmeister landete nach seinem Sprung aus dem Fenster in einem Blumenbeet und brach sich lediglich den Knöchel. Die Blanko-Taxiquittungen, die er im Geschirrspüler versteckt hatte, fielen den ESTAK-Leuten flugs in die Hände. Um 7 Uhr 30 kehrte die Kommandoeinheit in triumphalem Zug zu ihrer Basis zurück, im Schlepptau fünf verhaftete Steuerhinterzieher, einen übervollen Beutekorb und eine Menge neuer Daten, an denen der Computer reichlich zu kauen haben würde.

Damit begann die glorreiche Karriere des Inspektors J. R. Fischbaum.

Die Nachricht von seinem unheimlichen Talent für die Erfassung von Steuersündern verbreitete sich durch das ganze Finanzamt. Manche hielten es für reinen Zufall, daß Fischbaum in einem einzelnen Wohnhaus fünf Straffällige erwischt hatte. Bald aber gab es keinen Zweifel mehr, es handelte sich um ein übersinnliches Phänomen.

Da war zum Beispiel der Fall der drei Doktoren Bluebottle.

Der Steuerinformant Nr. 181.302 hatte die ESTAK ohne nähere Angaben auf einen Dr. Bluebottle aufmerksam gemacht. Der Computer spuckte drei potentielle Steuerhinterzieher dieses Namens aus. Das Finanzamt raufte sich die Haare – bis jemand auf Fischbaum verfiel.

Man schrieb die Adresse der drei Bluebottles – eines Anwalts, eines Verlegers und eines Nationalökonomen – auf ein Papier, das man Fischbaum übergab. Fischbaum starrte es eine Minute lang an, konzentrierte sich – und deutete auf den Arzt. Tatsächlich: Dr. med. Bluebottle verfügte über ein nicht deklariertes Einkommen von drei Millionen, eine Badewanne aus Platin und eine beträchtliche Anzahl von Goldbarren.

Fischbaum, der fortan den Kosenamen »Goldfinger« trug, wurde noch bei Lebzeiten zu einer Legende. Er braucht nur das Telefonbuch aufzuschlagen, versetzt sich in leichte Trance, läßt seinen Finger über die Seiten gleiten, und wenn er bei einem Namen stockt, kann man Gift darauf nehmen, daß die Kommandoeinheit der ESTAK von dem Manne nicht mit leeren Händen heimkehrt. Fischbaum irrt sich niemals. Niemals. Selbst die Parapsychologen stehen verblüfft vor seinem sechsten Sinn. Seit neuestem kann er sogar auf Schriftliches verzichten. Er sitzt mit geschlossenen Augen da, meditiert eine Weile und springt plötzlich auf:

»Herr Soundso, in dieser und dieser Straße, an dieser und dieser Nummer, dritter Stock, erste Türe rechts!«

Und es stimmt. Immer.

Unlängst deutete er sogar mit seinem Zeigefinger auf einen scheinbar harmlosen Spaziergänger und rief: »Haltet ihn! Er ist ein Steuerhinterzieher!«

Der Mann brach zusammen und legte an Ort und Stelle ein Geständnis ab über laufende Hinterziehungen während der letzten 45 Jahre. Im Saum seiner Hose waren 30000 Yen und zwei blauweiße Brillanten eingenäht.

In letzter Zeit gibt sich Goldfinger nicht mehr mit Einzelfällen ab, sondern nützt seine telepathischen Fähigkeiten zur kollektiven Entlarvung von Steuer- und Devisenverbrechen. Er verfällt in tiefe Selbsthypnose und murmelt dann blaß und erschöpft, als käme er aus dem Jenseits:

»Verhaftet das halbe Land.«

Und Fischbaum irrt nie. Seine Vorgesetzten sind schon besorgt, daß der Medizinmann der ESTAK sich eines Tages selbständig machen und ein Privatbüro eröffnen könnte. Denn es gibt, wie schon erwähnt, eine schöne Tradition, wonach jeder ehemalige Steuerinspektor sofort nach seiner Pensionierung, unter Umständen sogar schon lange davor, eine blühende private Steuerkanzlei eröffnet.

Sollte aber Inspektor J.R. Fischbaum seinen bewunderswerten sechsten Sinn auch weiterhin der Steuerbehörde zur Verfügung stellen, dann könnte er – und das fürchten sie erst recht – wie jeder Steuerinformant zehn Prozent der eingebrachten Summe beanspruchen. Auf diese Weise wäre er in kürzester Zeit Milliardär.

Und sollte Goldfinger mit seinem Haufen Geld auch noch an der Börse mit Wertpapieren, Edelmetallen oder Öl- und Goldminenaktien spekulieren, dann wäre er in absehbarer Zeit einer der reichsten Menschen der westlichen Hemisphäre.

Auf Spekulationsprofite sowie Denunziationshonorare wird nämlich keine Einkommensteuer erhoben. Dies ist ein eiserner Grundsatz sozial denkender Systeme, die die gesellschaftliche Gerechtigkeit eines Wohlfahrtsstaates ohne Gewalt lediglich mit moralischer Wirtschaftspolitik verwirklichen.

Hier fragt sich allerdings, warum Bankssparzinsen eigentlich voll versteuert werden müssen, während spekulative Aktiengewinne, an derselben Bank erzielt, absolut steuerfrei sind. Aber das, liebe Kollegen, das ist es ja gerade, was der Einkommensteuer die Würze verleiht – niemals kann man sicher sein, ob sich die Dinge nun so oder vielleicht so verhalten. Oder genau umgekehrt. Es ist allerdings eine Tatsache, daß in den meisten Ländern, in denen es eine Börse gibt, die Spekulanten früher oder später von den Steuern befreit werden. Auch dort, wo es keine Börse gibt. Auch der geneigte Leser sollte endlich aufhören, sich von morgens bis abends mit blödem Arbeitskram abzulenken, wenn er doch seine Energie dort einsetzen kann, wo die Geldscheine blühen.

Wie man an der Börse eine halbe Million gewinnt, ohne auch nur einen einzigen Pfennig zu riskieren

Der Autor, dessen Verantwortungsbewußtsein inzwischen legendär ist, macht es sich zur angenehmen Pflicht, seine Leser mit einer der wohl mysteriösesten Institutionen der menschlichen Geschichte vertraut zu machen – mit der Börse. Mit dem Stichwort »mysteriös« ist keineswegs der letzte Zusammenbruch der New Yorker Börse gemeint, da er ohnehin vorauszusehen war. Börsen krachen nun mal von Zeit zu Zeit zusammen. Keiner hat die leiseste Ahnung, warum sie zusammenkrachen, warum sie sich wieder erholen und was eine Börse überhaupt ist.

Was also?

Die Börse ist eine kerngesunde Einrichtung, die jedermann ermöglicht, etliche Riesen mühelos zu verdienen. Die Sache ist umwerfend einfach: man kauft Aktien zu Spottpreisen und wenn sie dann teuer, besser noch teurer geworden sind, setzt man sie, bevor sie wieder fallen, in Panik wieder ab. Für die ganze Aktion braucht man lediglich ein Telefon und ein wenig Glück.

Gut, aber was soll man kaufen?

An der Börse werden alle möglichen Wertpapiere gehandelt. Da gibt es Pfandbriefe, in denen Regierungen und Stadtverwaltungen hoch und heilig versprechen, einen nicht unwesentlichen Teil der Investition zu refundieren, sollten sie auf Öl, übergeschnappte Mäzene oder andere unerwartete Goldgruben stoßen.

Das Finanzamt bietet auch Wertpapiere an, die nach dem Yenkurs abgerechnet werden. Diese sind für jene Bürger empfehlenswert, die dem Finanzamt kein Wort glauben.

Dann gibt's auch die Schuldscheine, die ihrerseits dem Preisindex angepaßt sind. Steigen die Preise, steigen auch die Schulden – sollten die Preise jemals fallen, dann kann es sich nur um ein Mißverständnis handeln.

Außerdem gibt es kombinierte Pfandbriefe, sowohl dem Yen als auch dem Preisindex angepaßt.

Die sind schlicht mörderisch. Am populärsten an der Börse sind jedoch die Aktien. Steht eine solide Firma kurz vor dem Bankrott, druckt sie sofort eine neue »Emission«, die dann weggeht wie warme Semmeln. Es gibt Industrieaktien, Versorgungsaktien, Grundstücksaktien, Brauereiaktien, Vergnügungsaktien, Goldminenaktien und Aktien mit Gewinn.

Der kleine Börsianer kann aber sein Glück auch schwarz auf weiß verfolgen. Zeitungen, die etwas auf sich halten, veröffentlichen tagtäglich einen umfassenden Börsenbericht aus der internationalen Finanzwelt. Der sieht in etwa so aus:

Pfandbriefe	12. 9. 91	13. 9. 91
Indexbezogen		
3¼% Nationaldarlehen (1964)	141,3	141,3
6½% hypothekarische Sicherheit (mit Jahresgewinn)	81,7	74,9
Aktien		
Benzin-Öl-Fett-Platin		
S. O. S. Entwicklungsbank GmbH	132,5	136,4
Weingrab-Zucki-Meierson (6,73% 1996)	265	265,1
»Kick« (16,50 US $)	839,9	840

So einen Bericht muß man natürlich entschlüsseln können. Unter uns gesagt, Freunde, nichts leichter als das. Zunächst ignorieren wir die kindischen Aktienbezeichnungen, die sollen bloß Eindruck schinden. Uns Finanzexperten interessieren vor allem die Zahlen aus den Spalten 12. 9. bzw. 13. 9. Wenn die Zahl unter 13. 9. größer ist als die unter 12. 9., dann ist das eine großartige Aktie, die man unbedingt haben muß. Man erteilt also seinem Makler telefonisch den Auftrag:

»Kaufen Sie für 10 000 Dollar ›Kick‹, anerkannte Ausgabe an Überbringer. Over.«

»An Überbringer« ist immer gut, denn so kann das Steueramt den Investor nicht identifizieren, und alle sind glücklich. Der Makler antwortet: »Alles klar, Boss«, und kauft mit unseren 10 000 Dollar an der Börse ein. Das heißt, eigentlich kauft er gar nichts ein, weil es in der Praxis gar keine Börse gibt. Sie existiert nur in der Phantasie, genau wie das Paradies oder die Hölle. Jene dubiosen Spekulationen spielen sich nur in den Telefonleitungen der Makler ab . . .

Wenn nun aber dieser »Kick an Überbringer« nach einiger Zeit mit 842,5 Punkten auftaucht, dann haben wir 2,5 Punkte gewonnen, allein mit unserem untrüglichen Finanzinstinkt und einem Schweineglück. Jetzt briefen wir unseren Makler:

»Verkaufen!«

Und ein neuer Börsenstar ist geboren. Rechnen wir doch schnell unseren Reingewinn aus. Kein

Problem: zweieinhalb Punkte, das heißt, jeder Punkt ist ein Prozent der Differenz zwischen dem Nominalwert und dem angepaßten Kurs kurz vor Börsenschluß oder so ähnlich. Mit anderen Worten, wenn der Nominalwert 35,7 ist, und der Kurs 842,5, dann ist also 842,5 × 37,5 soundso viel ... das teilt man dann einfach durch 2,5 ... und erhält sogleich ... etwas ganz anderes ... oder so ...

Na ja, vielleicht ist es ein bißchen, wie soll ich sagen, ein bißchen umständlich. Aber alle Makler tun so, als ob sie es verstünden. Ich habe mindestens schon sechsmal nachgefragt, und es ist mir inzwischen schon peinlich, noch mal zu fragen. Außerdem ist es auch völlig überflüssig. Der Makler schickt den Bericht über den erfolgreichen Verkauf ohnehin nach Hause:

Nominal-wert	Aktie	Kurs	Summe/DM
35,7	Abwicklung und	842,5%	1 004 703,–
	Allerlei L. F. S.		
	Hypotheks GmbH		
	Inv. Ord. e. V.	ex Div.	
	SpVG. SL		
	Agenten Provision		10 047,–
			994 656,–

So lassen sich in knapp zwei Monaten flotte 4703 DM steuerfrei verdienen. Dieses fiskalische Erfolgserlebnis wird zwar ein wenig von der Tatsache überschattet, daß die Gebühren des Börsenmaklers doppelt so hoch sind wie unser Gewinn. Aber das ist es ja gerade, was das Spiel an der Börse so wahnsinnig spannend macht. Man weiß eben nie, wieviel der Börsenhai morgen abzieht. Auf dem Aktienmarkt muß man auch verlieren können...

Wenn sich der Mensch jedoch mit Herz und Seele einer Sache verschreibt, wenn er mit den Spielregeln vertraut ist, wird er früher oder später ein kleines Vermögen sein eigen nennen können. Als Makler, versteht sich. Als solcher kann er an der Börse ruhig eine halbe Million verdienen, ohne auch nur einen Pfennig zu riskieren, wie es der Titel dieses Fachartikels verspricht.

Ein oberflächlicher Leser könnte bisher den Eindruck gewonnen haben, daß die Einkommensteuer ein durch und durch mieses System sei. Das ist aber nicht ganz so. Neben den Schicksalsschlägen, die sie uns hin und wieder versetzt, kann man ihr durchaus positive Seiten abgewinnen, die vor allen Dingen die schönsten patriotischen Gefühle im Herzen eines jeden ehrbaren Menschen wecken. Wie beispielsweise die schöne Vaterlandspflicht, unverschämte Steuerhinterzieher bei den Behörden zu verpfeifen. Diese ruchlosen Verbrecher haben wirklich kein Erbarmen verdient. Hinter Schloß und Riegel gehören sie, jawohl. Oder zumindest eine dicke Geldbuße sollen sie verpaßt bekommen, damit der patriotische Denunziant mit dem üblichen Blutgeld von zehn Prozent netto honoriert werden kann.

An dieser Stelle möchte ich meinem tiefsten Bedauern Ausdruck verleihen, daß es Franz Kafka nicht vergönnt war, das moderne Steuersystem persönlich kennenzulernen. Ich hege keinerlei Zweifel daran, daß diese Bekanntschaft ihn enorm inspiriert hätte. Ich denke etwa so:

Die Verwandlung des Grossindustriellen K.

Als der Großindustrielle K. eines Morgens erwachte, fand er sich in ein riesiges Insekt verwandelt.

»Was ist da passiert?« fragte er sich entsetzt. Dann dachte er an die Ereignisse von gestern, die zweifellos an seiner peinlichen Lage schuld waren.

Er erinnerte sich genau an die sachliche, unbeteiligte Stimme, mit der ihm sein Buchhalter mitgeteilt hatte, daß sein, K.s, Unternehmen – eine florierende Import-Export-Gesellschaft – das laufende Geschäftsjahr mit einem Gewinn von einer halben Million Pfund, in Ziffern 500000, abgeschlossen hatte.

Das bedeutete nach den geltenden Steuergesetzen, daß die Firma bzw. Herr K., nach Bezahlung der Körperschaftsteuer, der Investitionsanleihe, der Krankenversicherung, der Pensionsversicherung und einer Reihe anderer Abgaben dem Staat eine Gesamtsumme von 101,3 Prozent des erwirtschafteten Profits schuldete, in Ziffern 565 000, ein ansehnlicher Betrag, den K. zur Zeit nicht flüssig hatte.

»Das darf nicht wahr sein«, stellte K. in Gedanken fest. Es wollte ihm nicht in den Kopf, daß die Steuer, die er zahlen sollte, die Höhe seiner Einnahmen überstieg. Mittlerweile hatte er sich wieder in den loyalen, furchtsamen Bürger zurückverwandelt, der er war. Er erhob sich vom Lager seines alptraumgeschüttelten Schlafs, zog sich an und begab sich schnurstracks in eine renommierte Steuerkanzlei, die sich in den Geheimnissen des Steuerwesens um so besser auskannte, als sie von zwei ehemaligen Beamten des Finanzministeriums geleitet wurde. Die beiden Herren hörten ihm gelangweilt zu, denn sie bekamen ähnliche Geschichten beinahe täglich aufgetischt. Als er sie um Rat fragte, rieten sie ihm, seine Steuererklärung zu fälschen.

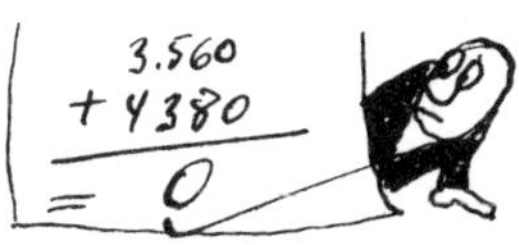

»Wenn Sie halbwegs geschickt sind«, sagten sie, »wird Ihnen weder das Finanzamt dahinterkommen, noch riskieren Sie, daß Sie wegen der zehnprozentigen Belohnung von einem Spitzel denunziert werden.«

»Ich habe Angst«, sagte K. »Gibt es keinen anderen Weg?«

»Doch. Es gibt einen.«

»Nämlich?«

»Zahlen«, sagten die Steuerberater und brachten ihn zur Türe. Der eine von ihnen, ein elegant gekleideter Mann in dunklem Anzug mit diskret gestreifter Krawatte, flog am Nachmittag nach Vaduz, der Hauptstadt des Fürstentums Liechtenstein, um eine größere Finanztransaktion abzuschließen.

Als K. nach Hause kam, fand er eine Vorladung zur Steuerbehörde vor. Er ging sogleich hin und wurde von einem untergeordneten Beamten empfangen, der seit jeher für die Steuerangelegenheiten der Firma K. zuständig war.

»Ich habe einige Fragen an Sie«, begann der Beamte. »Wie ich sehe, schulden Sie uns erheblich mehr, als Sie in diesem Jahr verdient haben. Es würde mich interessieren, aus welchen fragwürdigen Quellen Sie die Differenz begleichen wollen?« Er blickte K. scharf an und wartete auf Antwort.

K. versuchte glaubwürdig zu versichern, daß er genügend Geld gespart hätte, um die zusätzliche Steuer zahlen zu können. Der Beamte runzelte die Brauen: Nach Insiderinformationen habe K. – wie übrigens auch andere gewiefte Großverdiener – seine gesamten Ersparnisse in eine freiwillige Staatsanleihe investiert, die einen nicht unbeträchtlichen Zinssatz abwerfen würde, zahlbar bei der nächsten Sonnenfinsternis.

In tiefen Gedanken verließ K. das Steueramt. Seine Unterlippe zitterte ein wenig, und er überlegte, ob er nicht ganz plötzlich verreisen sollte.

Dann fiel ihm ein Ausweg ein, ganz plötzlich, ein so naheliegender und simpler Ausweg, daß er sich wundern mußte, wieso er ihm nicht schon früher eingefallen war.

Zu Hause nahm K. das für seine Steuererklärung vorgesehene Formular und erklärte, daß seine Firma im abgelaufenen Geschäftsjahr keinen Profit zu verzeichnen hatte, nicht ein einziges Pfund. Dann kehrte er zum Finanzamt zurück, übergab dem Beamten das Formular mit der höflichen Frage:

»Darf ich Sie auf einen Fall von Steuerhinterziehung hinweisen, der zufällig zu meiner Kenntnis gelangt ist?«

»Selbstverständlich«, antwortete der Beamte. »Das ist das mindeste, was ein ehrlicher Bürger tun kann.«

»Und bekomme ich dann auch die ausgesetzte Belohnung?«

»Selbstverständlich«, wiederholte der Beamte, dessen Wortschatz nicht übermäßig groß war.

»Gut«, sagte K.. »Dann informiere ich Sie, daß ich im Steuerbekenntnis meiner Firma einen Jahresgewinn von 500000 Pfund verheimlicht habe. Ich bitte um Auszahlung der üblichen Belohnung von zehn Prozent, das sind 50000 Pfund, steuerfrei.«

Der Beamte tat, was Beamte immer tun, wenn sie mit einem originellen Einfall konfrontiert werden: er glotzte.

Nachdem er ungefähr eine Minute lang geglotzt hatte, verließ er den Raum und begab sich zu seinen Vorgesetzten, um sie um Rat zu fragen.

Höheren Orts studierte man unverzüglich die einschlägigen Verordnungen und Erlässe, konnte jedoch keine einzige Klausel entdecken, die es für ungesetzlich erklärte, daß jemand sich selbst denunzierte. Alle Versuche, K. von seiner Forderung abzubringen, blieben erfolglos, und als er drohte, notfalls bis zum Obersten Gerichtshof zu gehen, gab die Steuerbehörde nach. Man wollte den Fall unter keinen Umständen an die Öffentlichkeit gelangen lassen; er könnte, so befürchtete man, Schule machen.

K. erhielt bald darauf einen Scheck des Finanzministeriums auf 50000 Pfund, liquidierte seine Firma und suchte in Begleitung einer ihm befreundeten Dame einen beliebten Badeort im Süden des Landes auf.

Im Anschluß an diese wirklichkeitsnahe Geschichte stellt sich die Frage, warum die Steuerbehörden K. seine patriotischen zehn Prozent netto gezahlt haben, ihnen jedoch seine 565000 Pfund Steuerschulden durch die Lappen gingen?

Nun, wir sind es dem Andenken Franz Kafkas schuldig, diese Frage nicht unbeantwortet zu lassen. Die Sache verhielt sich so: Als K. sich selbst bei den Behörden denunzierte, ja, genau zur selben Zeit, hatte eine japanische Firma mit zweifelhafter Vergangenheit eine Klage in Höhe von 615000 Pfund gegen ihn eingereicht. Sie beschuldigte ihn, er habe sein mündlich gegebenes Versprechen gebrochen, nie wieder Kontakt zu koreanischen Firmen aufzunehmen. K. wollte diesen lächerlichen Vorwurf schon weit von sich weisen, als ihm urplötzlich in den Sinn kam, die Steuerbehörde könnte die Klage der dubiosen Firma doch eigentlich ernst nehmen. Was nicht weniger bedeuten würde, als daß K. die gesamte Klage von 615000 Pfund unter den Minussalden seiner Steuererklärung verbuchen könnte, und zwar in der Rubrik »In-Kürze-benötigte Ausgaben«. Der bevorstehende Verlust glich nicht nur K.s Steuerschuld aus, nein, er wandelte seine Firma auch gleich noch in ein »Unternehmen-mit-Verlust« um, was einer äußerst positiven wirtschaftlichen Entwicklung entspricht.

Die Fortsetzung der Geschichte läßt sich erraten. K. flog nach Tokio, wo er mit dem Management der zweifelhaften Firma eine für alle Seiten zufriedenstellende Dauerregelung traf, die ihn nichts weiter als einen lächerlichen Jahresbeitrag kostete. Als Gegenleistung verpflichtete sich die japanische Seite vor dem Gerichtshof alle möglichen juristischen Finessen auszuspielen, und die Klage gegen K. während der nächsten 25 Jahre nicht fallenzulassen. Vertragsverlängerung nach Ablauf der Frist nicht ausgeschlossen. Und so konnte K. diese »In-Kürze-benötigte-Ausgabe« auch während der nächsten 25 Jahre mit gutem Gewissen auf seinem Schuldkonto verbuchen.

Wir sehen also, daß durchaus legale und gleichzeitig äußerst praktische Regelungen für die Einkommensteuerproblematik zu finden sind, wenn man sich dabei von Franz Kafka inspirieren läßt. Wie allgemein bekannt, handeln die Steuerfahnder nicht etwa nach der absoluten Gerechtigkeit oder nach menschlichem Ermessen, sondern ganz allein nach den vieldeutigen Worten des Gesetzgebers. Jeder Steuerbeamte weiß ja ganz genau, daß jeder ein Gesetzesstrolch ist und Steuern hinterziehen will, und jeder Strolch weiß, daß der Steuerbeamte weiß, daß alle Strolche wissen, daß der Beamte weiß, weiß, weiß blüht das Edelweiß ...

Die legalen Lösungen sind ja eigentlich umwerfend praktisch. Es lassen sich doch an allen strategisch wichtigen Punkten des Stadtplans Geschäfte finden, die sowohl Lebensmittel als auch Büromaterial auf Lager haben. Frohgemut ersteht man dort eine Dose Ananas und kehrt heim als glücklicher Besitzer des Belegs für ein Farbband, das man bekanntlich als Büromaterial von der Steuer absetzen kann.

Was die Schreibmaschine selbst betrifft, auch da findet sich eine legale Lösung. Die Gesetze sehen nämlich vor, daß man den Erwerb eines neuen Schreibgerätes nur mit einer jährlichen Rate von 6,666 Prozent innerhalb von fünfzehn Jahren absetzen kann. Wenn man aber dieses Instrument nicht kauft, sondern auf fünfzehn Jahre least – wobei die Maschine nach fünfzehn Jahren automatisch zum persönlichen Eigentum des Leasers wird –, dann kann die Vorauszahlung der Leasingraten für die gesamten fünfzehn Jahre voll von der Steuer abgesetzt werden.

Das Ganze ist zwar ein wenig anspruchsvoll, aber mit etwas gutem Willen kommt man schon zurecht. In einigen Ländern der freien Welt gilt beispielsweise der Kauf eines Zweitwagens nicht als anerkannte Ausgabe, während die Leasinggebühren auch für Dritt- und Viertwagen voll absetzbar sind, weiß der Himmel warum. Aber wie bereits mehrmals festgestellt, pflegen die Steuerbehörden ihre Gesetze und Verordnungen in einen dichten Nebel zu hüllen, um die nötige Spannung zu wahren.

Letzten Endes handelt es sich bei der Einkommensteuer um einen kalten Krieg, hoffnungslos eingefroren zwischen zwei Schützengräben. Und im Krieg ist die strategische Vernebelung durchaus üblich. Künstliche Nebelschwaden verwirren bekanntlich den Feind und lassen zu Taktiken greifen, die bei Tageslicht zum Scheitern verurteilt wären.

Auch das Finanzamt macht sich diesen segensreichen Militärkniff häufig zunutze, und hinter dem Schleier künstlicher Unklarheit können dann heimliche Geschäftchen getätigt werden, die von bestimmten Gruppen oder von bestimmten privaten Steuerzahlern eine bestimmte Immunität vor bestimmten Steuerschäden garantieren. Dies kann in Form von Sonderzuwendungen, stillen Streichungen oder geheimen Zuschlägen geschehen, besonders, wenn es sich um bekannte Wissenschaftler aus den oberen Rängen handelt, die an einen steuerlich unterentwickelten Ort unseres Erdballs problemlos auswandern können. Hauptsache, es herrscht totales Stillschweigeabkommen, sonst könnte es geschehen, daß aus heimlichen Geschäftchen eine große Stinkbombe wird.

Der Schatten eines Riesen
Kriminalgeschichte

Es war zehn Minuten vor den Fernsehnachrichten, als Professor Harry Krishna von der Fakultät für Geisteswissenschaften das Universitätsgebäude in Jerusalem verließ und den Fußweg zur nächsten Bushaltestelle antrat. Der Dozent hatte etwa eine Dreiviertelstunde in der menschenleeren Gegend gewartet, als plötzlich ein heftiger Schlag auf seinen Schädel niederging...

Ein Streifenwagen der Polizei entdeckte ihn im Morgengrauen, bewußtlos auf dem Bürgersteig liegend, und alarmierte die Feuerwehr. Die Untersuchung ergab, daß Harry Krishna Opfer eines raffinierten Raubüberfalls geworden war. Der unbekannte Täter hatte zwar die Brieftasche entnommen, das Geld jedoch unangetastet gelassen. Geraubt wurde nur der Lohnzettel.

»Safed«, fauchte der Schatzmeister der Universität, ohne nachzudenken, »das war die Universität von Safed!«

Die Ermittlung erbrachte auch nach drei Tagen kein Ergebnis. Der Attentäter blieb unbekannt, da das Phantombild lediglich einen Strumpf erkennen ließ. Doch die Vermutung lag nahe, daß die Universität der Stadt Safed ihre Hand im Spiel haben könnte. Denn kurz nach ihrer Gründung hatte diese kleine Hochschule einen Tarifvertrag mit dem Finanzministerium geschlossen, der aus ganzen sechzehn Wörtern bestand: »Das Gehalt der Dozenten an der Universität Safed entspricht dem der Dozenten an der Universität Jerusalem.« Sofort nach Unterzeichnung dieses schicksalhaften Vertrages wurde beiden Seiten klar, daß sie einen schweren Fehler begangen hatten. Der lautlose Kampf hatte begonnen.

»Tut uns leid«, sagte man im Finanzamt den Jerusalemer Professoren jedesmal auf ihre Forderung nach Gehaltserhöhung, »wir können keinen Pfennig mehr bezahlen, denn sonst haben wir morgen die Dozenten von Safed mit der gleichen Forderung auf dem Hals.«

»Sie werden nichts davon erfahren«, versprachen die Gelehrten der Hauptstadt. »Wir werden maximale Sicherheitsvorkehrungen treffen ...«

Die neuen Lohnzettel mit der »Spatzenfutterzulage« in Höhe von 3,4 Prozent auf die halbe Pflichtanleihe wurden also den Dozenten der Hauptstadt nicht mehr persönlich übergeben, sondern in versiegelten Umschlägen unter ihre Wohnungstüren geschoben. Ein solcher Lohnnachweis war Professor Krishna aus der Tasche gestohlen worden.

36 Stunden später forderte eine Delegation der Universität Safed vor dem Finanzministerium eine »Spatzenfutterzulage« von 3,4 Prozent...

Die erste Runde hatte die Universität Safed gewonnen. Doch Jerusalem leitete umgehend Maßnahmen ein, um sich dieser ungewollten Partnerschaft zu entledigen. Das Professorenkollegium der Hauptstadt erhielt eine illustrierte Informationsschrift unter dem Titel »Selbstverteidigung leicht gemacht« mit ausführlichen Vorschriften zur Wahrung des Gehaltsgeheimnisses. »Verbrennen Sie ihren Gehaltszettel sofort nach Erhalt«, lautete die Vorschrift. »Beantworten Sie keinerlei Anfragen des Statistischen Amtes zur Höhe Ihres Einkommens. Werden Sie beschattet oder entdekken Sie ein verstecktes Mikrophon in Ihrem Bett, so ist dies sofort dem Dekan zu melden!«

Für die Übergabe des neuen »Wäschegeldes« von halbmonatlich 20,09 Pfund wurde eine Sonderaktion ins Leben gerufen. Das Kollegium fand sich zur Spätvorstellung im nahegelegenen Kino ein. Dann, mitten im spannenden Film und im Schutz der Dunkelheit, kroch der Schatzmeister der Universität zwischen den Sitzreihen herum und verteilte die Schecks. Er war gerade bei der psychologischen Fakultät angekommen, als die Filmvorführung unterbrochen wurde, und auf der mit Scheinwerfern beleuchteten Leinwand erschien die Silhouette des Safeder Rektors, der in heller Erregung brüllte:

»Auszahlung! Zuschläge! Faßt sie!...«

»Woher wissen sie das alles, woher nur?« jammerte der Jerusalemer Dekan. »Im Finanzamt weigert man sich schon, mit uns zu sprechen.«

In der Hauptstadt kursierten Schreckensgerüchte über einen Hochleistungs-Gehaltscomputer, den die technologische Fakultät für den Safeder Geheimdienst gebaut haben sollte, um jede Bewegung auf der Zulagenfront in der Hauptstadt zu verfolgen. Angeblich würde dieser Computer auf jede Zulage mit einem ohrenbetäubenden Klingeln reagieren. Darüber hinaus habe er in letzter Zeit den ganzen Tag unaufhörlich geklingelt, so daß man sein Alarmsystem auf leichte Musik umstellen mußte. Die Jerusalemer Strategie wurde jedenfalls neu überdacht. Die folgende wöchentliche Zulage wurde im Rahmen einer generalstabsmäßig organisierten Aktion ausgezahlt. Es handelte sich dabei um eine »Frühgeburtenentschädigung« von 177,50 Pfund pro Quartal zur Deckung von außergewöhnlichen Unkosten im Falle einer Frühgeburt in der Familie des Professors oder seiner Verwandtschaft. Das Geld wurde zwischen zwei mit Leberwurst belegten Brotschnitten untergebracht und während eines organisierten Ausflugs in die Wüste von Judäa als Sandwich verteilt.

Die ideologische Tarnung besorgte der Dozent für Naturwissenschaften. Er führte das Kollegium mit lauten geologischen Erklärungen in eine große steinerne Höhle. Im Inneren, im fahlen Schein einer Kerze, wurde mit der Auszahlung begonnen.

»Wer sein Geld erhalten hat, möchte bitte weitergehen«, dirigierte der Schatzmeister die Operation über einen tragbaren Lautsprecher. »Unterhalten Sie sich pausenlos weiter über Stalagmiten und Stalaktiten, oder umgekehrt.«

Plötzlich erscholl ein furchtbarer Knall aus der Richtung des Höhleneingangs, und alles versank in Dunkelheit. Der enge Eingang war von einem riesigen roten Steinblock versperrt, der von gewaltigen Kräften auf ihn zugerollt worden war. Von draußen drang in die Höhle der Gesang eines fröhlichen Männerchors: »Everything you can do, we can do better!«

Als die Rettungsmannschaften schließlich die Gefangenen befreit hatten, waren die Jerusalemer Professoren dem Zusammenbruch nahe. Bei ihrer

Rückkehr in die Universität erwartete sie ein weiterer Schlag. Die Tür des Dekanats war aufgebrochen und die Gehaltskonten waren durchwühlt worden. Papiere lagen auf dem Boden verstreut, und in der Ecke kauerte der geknebelte und gefesselte Hausmeister. Es war sonnenklar, daß Safed ein waghalsiges Unternehmen gestartet hatte, um an zusätzliche Informationen zu gelangen.

Jerusalem hatte jedoch Glück im Unglück. Denn die neue Zulage für die Feiertage, die »Forderungskompensation«, war vom Dozenten für römische Geschichte in lateinischer Sprache festgehalten worden: »Im Juni ward Markus Antonius Vater zweier Kinder, Forderus und Kompensia, die das gesegnete Alter von 95,30 nach Steuern erreichten . . .«

Die Auszahlung erfolgte am Donnerstag im Schwimmbad des Universitätsgeländes, und zwar unter Wasser.

In Safed wurden Forderus und Kompensia bereits am Tag davor, Mittwoch, ausgezahlt. In der Badewanne.

Und hier trat der renommierte Privatdetektiv Samuel Moskowitz junior in Aktion.

Die Universität Jerusalem sah in ihm ihre letzte Hoffnung, die Quelle der Indiskretion aufzudekken. Der Spitzendetektiv überprüfte Daten, notierte Falschaussagen und sammelte nach jeder neuen Gehaltsforderung die Fingerabdrücke von den Verhandlungstischen des Finanzministeriums ein. Nachdem Jerusalem und Safed das zweimonatige »Blinddarmaufgeld« in Höhe von 5¾ Prozent auf ein Drittel des Rentenanspruchs fast simultan entgegengenommen hatten, legte S. Moskowitz der Jüngere seine Karten auf den Tisch:

»Meine Herren«, erklärte er auf einer Klausursitzung des Dekanats, »im Kollegium treibt ein Verräter sein Unwesen!«

»Unmöglich!«

»Moskowitz irrt nie, meine Herren. Safeds Mann wirkt hier unter Ihnen ...«

Der erfahrene Detektiv ermittelte in dieser Richtung weiter, das heißt, er verfolgte mit größter Aufmerksamkeit die Ausflüge der Professoren. Eine erste Spur lieferte die Entdeckung, daß Professor Harry Krishnas Ehefrau aus Safed stammte und die Wochenenden oftmals daheim verbrachte. Plötzlich erinnerten sich auch einige Kollegiumsangehörige, daß das Ehepaar Krishna Ölgemälde von Mitgliedern der Safeder Künstlerkolonie besaß, und schließlich war da diese 60 Meter hohe Antenne auf dem Dach ihres Hauses. Kurz und gut, S. Moskowitz jr. schlich in jener mondlosen

Nacht in die Wohnung Harry Krishnas und entdeckte den im Mülleimer versteckten Minisender...

»Er ist es«, verkündete der Detektiv. »Jeden Morgen nimmt er über Kurzwelle Kontakt zu den Leuten in Safed auf und gibt Direktinformationen über die Gehaltslage in der Hauptstadt durch. Er operiert unter dem Decknamen ›Die Katze‹. Heute früh begann er die Sendung mit den Worten: ›Bereithalten für wöchentliches Schwangerschaftsgeld. Ende.‹«

Jerusalem erblaßte:

»Himmel«, flüsterte der Dekan, »wer hätte dies von Harry geglaubt? Er war es doch, der an der Bushaltestelle überfallen wurde.«

»Es war ein simulierter Überfall, um jeden Verdacht gegen ihn zu zerstreuen...«

Der Dekan wollte die Polizei rufen, doch hier meldete sich der Schatzmeister Morris Finkelstein zu Wort:

»Im Gegenteil«, sagte er. »Wir drehen ihn um. Wir machen aus ihm einen Doppelagenten.«

Die »Winterzulage« im Juli erbrachte jedem 111,11 Pfund, Harry Krishna erhielt aber nur 62,90 Pfund. Das geschah an einem Freitag. Am Sonnabend fuhr Frau Krishna Richtung Heimat. In jener Nacht traf das ersehnte Telegramm aus Safed ein:

»62,90 werden verteilt stop glückwünsche moskowitz jr.«

So wurde das Lehrpersonal der Hauptstadt vor einer sicheren sozialökonomischen Katastrophe bewahrt.

Das Finanzministerium war allerdings bis zum Ende des Studienjahres geschlossen.

Um keine falschen Hoffnungen zu wecken: steuerliche Vergünstigungen erhalten ausschließlich besonders einflußreiche Wirtschaftszweige, begehrte Experten oder Investoren mit Fluchtaussichten. Für schwächere Schichten besteht leider keinerlei Hoffnung. Vor allem dann nicht, wenn sie ihr herbes Schicksal zu fixbezahlten Arbeitnehmern machte, und ihr gesamter Lohn vom Finanzamt registriert wird. Täuschungsmanöver ausgeschlossen.

Eine Tatsache soll aber nicht unerwähnt bleiben: auch Steuerbeamte gehören zur unseligen Kaste der regelmäßigen Gehaltsempfänger. Dies macht ihre krankhafte Eifersucht auf Klempner,

Gynäkologen und andere Freiberufler verständlich, deren Hinterziehungspotential natürlicherweise wesentlich größer ist. Eine himmelschreiende Ungerechtigkeit. Kein Wunder also, daß sich mit jedem Schaltjahr bei den Steuerverantwortlichen das schlechte Gewissen einstellt, gefolgt von der beschwichtigenden Ankündigung, die Steuerlast würde sehr bald sehr viel gerechter unter den Selbständigen und Anständigen, pardon, Angestellten verteilt werden.

Eine passende Allegorie kann nie schaden.

Der Esel und der Ochse

Es war einmal ein Bauer, der seinen Esel und seinen Ochsen gemeinsam vor den Pflug spannte. Der Esel war ein Esel, fraß deshalb nur Dornen und Disteln und war entsprechend dürr wie Magerquark. Der Ochse hingegen war ein Ochse, gut durchgefüttert und deshalb stark wie ein Ochse. So zogen also die beiden den schweren Pflug durch die Felder. Das heißt, der Esel zog, und der Ochse spazierte gemütlich nebenher.

Die Nachbarn schüttelten den Kopf und fragten den Bauern, warum nur der arme Esel so schuften müsse.

»Das ist nun mal so«, antwortete der Bauer, »aber im nächsten Jahr werde ich umdisponieren.«

Im nächsten Jahr schleppte der arme, abgezehrte Esel immer noch allein den Pflug, während der prächtige Ochse im Tanzschritt nebenhertrippelte. Die Nachbarn erinnerten den Bauern an sein Versprechen.

»Ihr habt ja so recht«, meinte der Bauer voller Einsicht und versetzte dem Esel einen tüchtigen Peitschenhieb. »Aber was soll ich tun, der Esel ist schon eingespannt und für den Ochsen müßte ich noch Zügel und Zaumzeug kaufen. Aber im nächsten Jahr ...«

Auch im nächsten Jahr zog der Esel allein das Joch, während der Ochse sich am Feldrand sonnte. Diesmal kettete der Bauer noch einen riesigen Mähdrescher an den Pflug, den das Klappergerüst von Esel solo hinter sich herzog.

»So geht das wirklich nicht weiter«, der Bauer schlug auf den Esel ein. »Wenn ich dieses Jahr eine gute Ernte habe, werde ich die Last gerecht verteilen. Obwohl ich gar nicht weiß, ob der fette Ochse noch ins Zaumzeug paßt ...«

So weit, so gut. Doch dann kam die dramatische

Wende. Der Bauer kettete an den Mähdrescher zwei Getreidesilos und besorgte sich eine neue Peitsche, um die Sache besser in den Griff zu kriegen. Bald schon beginnt die neue Saison. Der Esel und der Ochse zittern am ganzen Leib. Der Esel vor Angst, der Ochse vor Lachen.

Aber bleiben wir bei der Wahrheit. Nicht nur die Arbeitnehmer bekommen die eiserne Faust der Einkommensteuer zu spüren, sondern auch die Arbeitgeber – wenn sie im Besitz von kostbarem Eigentum sind, das sich nicht unter der Matratze verstecken läßt.

Autokratie

Der Finanzausschuß beriet soeben über laufende Angelegenheiten. Zu Beginn der Sitzung hatte der Finanzminister den Bericht über die einmalige Erwerbsteuer vorgelegt, die gestern mit vierteljährlicher Rückwirkung auf Personenwagen eingeführt wurde.

»Es handelt sich hierbei um eine progressive Steuer«, gab der Minister bekannt. »Die einmalige Erwerbsteuer wird auf den Wert des Autos aufgeschlagen, nach einem Vierteljahr erfolgt eine Wertsteigerung des Fahrzeugs… damit steigt auch die einmalige ... Erwerbsteuer ... im Vierteljahr ... Wertsteigerung ... noch einmal ... Auto ...«

Da wurde der Minister wieder von einem seiner leichten Schwindelanfälle geplagt, die ihn seit den letzten Wahlen immer öfter heimsuchen. Ein Glas Mineralwasser und einige beruhigende Worte taten das ihre:

»Von den Autobesitzern erwarten wir einen Jahresbeitrag von 35 Milliarden Pfund«, fuhr der Finanzminister fort. »Natürlich sind Autos, die nicht als Luxusgüter betrachtet werden können, von dieser Steuer befreit, so zum Beispiel die Fahrzeuge der Staatsbeamten und Parteifunktionäre.«

»Das versteht sich von selbst«, bemerkte der Verkehrsminister. »Aber wird das nicht zu Unwillensäußerungen bei den Autobesitzern führen?«

»Ich bitte Sie. Bei diesen Halunken ist jedes Mitleid reiner Luxus«, erwiderte der Finanzminister. »Wer soviel Moneten hat, daß er unsere absurden Einfuhrzölle bezahlen kann, ist zweifellos ein Hinterzieher, Gauner, Betrüger, Sexualverbrecher ...«

Das Mißtrauen des Ministers gegenüber Autofahrern ist landesweit bekannt. Als die bankrotte Stadtverwaltung kürzlich den »Pflichtstrafzettel« einführte und vorschrieb, mindestens dreimal die Woche falsch zu parken, hatte die Mehrzahl der Bürger versucht, ihr Auto loszuwerden. Ihr Ränkespiel wurde jedoch durch die Wachsamkeit des Innenministers vereitelt. In die Personalausweise der Autofahrer wurden unverzüglich rote Stempel in Form einer Hupe eingedruckt sowie die Buchstaben S. h. A. (Subjekt hat Auto).

»Wenn man die nicht an der kurzen Leine hält, werden sie frech«, konstatierte der Forschungsminister und erinnerte sich: »Letzten Sommer haben wir einige Häftlinge in den Steinbruch der Negevwüste geschickt. Die Arbeiten gingen nur schleppend voran, so ließen wir vorbeifahrende Autos stoppen und die Fahrer zum Steine hauen aussteigen. Da fingen die auch noch zu motzen an. ›Unfair‹, ›Leichtere Arbeit‹, ›Wir werden zu spät kommen‹ und ähnlichen Stuß. Diesen Faultieren habe ich vielleicht die Leviten gelesen: ›Autos konntet ihr kaufen, ja? Dann zeigt gefälligst auch wie ihr Steine hauen könnt, elendes Lumpenpack!‹«

Die Minister skizzierten eilig den Gesetzentwurf zur »Ausdehnung der öffentlichen Last auf autofahrende Mitbürger«, und winkten ihren Chauffeuren, die neuen Dienstwagen vorzufahren.

Ein anderer Kreis der fortschrittlichen Gesellschaft befindet sich in einer ähnlich prekären Lage: die Gang der Hausbesitzer. Ein Auto kann man ja noch irgendwie loswerden, aber was zum Teufel macht man mit einem Haus, das unverrückbar an der Straße herumsteht, und geradezu nach einer hohen Besteuerung schreit.

Der Grund für die Grundsteuer

Der feiste Hausbesitzer ist, wie jeder weiß, der Prototyp des geborenen Ausbeuters. Er erpreßt von unschuldigen Menschen Geld unter dem Vorwand, für sie irgendwann ein Mietshaus gebaut zu haben. Außerdem hat der feiste Hausbesitzer als erklärte Zielscheibe für die Steuerbehörde das Handicap, auf ewig der Minderheit anzugehören, denn es gibt bekanntlich unter den Wählern mehr Mieter als Hausbesitzer.

Unter dieser Prämisse entstand das allgemeine Mieterschutzgesetz. Diesem Gesetz zufolge durfte der feiste Hauseigentümer zwar formell sein Haus behalten, doch die in dem Haus befindlichen Wohnungen wurden kurzerhand den Mietern übertragen. Gleichzeitig wurde die Monatsmiete pro Zimmer auf fünfundzwanzig Pfund vereinheitlicht und eingefroren, hingegen wurde die Grundsteuer des feisten Hausbesitzers vorübergehend verdreifacht.

Die Begeisterung der Massen war grenzenlos,

genau wie die der Steuerbehörden. In gewissen Außenbezirken soll sogar von Lynchjustiz an Hausherren die Rede gewesen sein. Der allgemeine Mieterverband stellte einen dringlichen Antrag an die Legislatoren, wonach alle feisten Hausbesitzer des Landes dazu gezwungen werden sollten, sich jeden Morgen im Polizeirevier zu melden. Ferner sollten diese Parasiten veranlaßt werden, sämtliche Wohnungen ihrer Häuser jedes Jahr neu zu tapezieren.

Ältere Finanzbeamte werden gerne an diese glücklichen Tage zurückdenken. Eine Sternstunde der Steuermoral. Nichts konnte die Freude trüben.

Nichts, außer einer winzigen Kleinigkeit. Es wurden nämlich immer weniger Mietshäuser gebaut. Im Trubel der Ereignisse wurde dieser Aspekt glatt übersehen. Ferner stellte sich heraus, daß die Strenge der Steuergesetze gegen den Erbauer eines Mietshauses nur dann voll angewendet werden kann, wenn dieser erst einmal ein Haus gebaut hat. Doch diese Parasiten, wie gesagt, bauten nicht mehr. Und warum nicht, meine Damen und Herren? Weil diese Schurken Tag und Nacht nur eines im Kopf haben, nämlich Geld, Geld und nochmals Geld. Ekelhaft.

Der Fiskus aber verlor keineswegs die Fassung:

»Wenn sie nicht bauen wollen, dann eben

nicht«, sagte er. »Wir können sehr wohl auf die Mietskasernen der feisten Hausherren verzichten. Es wird sich eben jeder sein eigenes Haus bauen.«

Die Idee war glänzend, die Verwirklichung der gesellschaftlichen Gerechtigkeit in ihrer Urform, sozusagen. Anstatt jeden Monatsersten sein gutes Geld in den unersättlichen Schlund des feisten Hausbesitzers zu stopfen, ging der kleine Steuerzahler mit stolzer Gelassenheit zu den autorisierten Geldinstituten, nahm eine Anleihe von mehreren hunderttausend Pfund auf, verpfändete seine Habe ebenso wie sich selbst bis ans Ende seiner Tage, verkaufte seine Kinder an den Meistbietenden, belehnte seine Lebensversicherung an der Börse und erwarb sich somit seine eigene Wohnstätte, völlig unabhängig von irgendeinem ausbeuterischen Hausbesitzer, der noch dazu feist war.

Der Trend zum Eigenheim schien allen Beteiligten der sicherste Ausweg zu sein. Zumal inzwischen auch die letzten Mietshäuser verfallen waren, die Hauswirte in biologischer Reihenfolge das

Zeitliche gesegnet hatten und sich ihre Erben rechtzeitig ins Ausland geflüchtet hatten. »Sollen sie doch«, sagte sich das Finanzministerium. »Wenn sie auch allesamt krepieren oder flüchten, der harte Kurs unserer Grundsteuerpolitik bleibt unverändert.«

Die feisten Besitzer der drei noch bestehenden Mietshäuser werden also in Kürze mit einer rekordhohen Grund- und Vermögensteuer, begleitet von Kapitalgeldbußen, belegt werden. Und wenn die maßgeblichen Finanzkreise schnell genug arbeiten, könnte diese Einkommensquelle vielleicht schon vor dem endgültigen Zerfall der drei Häuser zu fließen beginnen.

Inzwischen steigen die Wohnungsmieten unaufhaltsam weiter. Weiß der Teufel, warum.

Hier liegt ein seltener Fall vor: das Finanzamt und der Steuerzahler Schulter an Schulter gegen einen gemeinsamen Feind. Anders liegt die Sache aber, wenn die Zielgruppe nicht die feisten Hausbesitzer sind, sondern im Gegenteil die Obdachlosen. Damit meine ich unsere Brüder aus der Sowjetunion, die dieser Tage in das Land ihrer Urväter zurückkehren. Die einfühlsame und zuvorkommende Behandlung, die meine Regierung, allen voran das Finanzamt, den russischen Einwanderern angedeihen läßt, ist besonderes Lob wert.

Alles zu ihrem Wohle

Ja, meine Herrschaften, was immer man auch vom israelischen Establishment halten mag, die Anteilnahme meiner Regierung am Schicksal der sowjetischen Flüchtlinge ist überwältigend. Unsere Politiker unternehmen keinen einzigen Schritt, ohne die enorme russische Einwanderungswelle vor Augen zu haben. Man könnte gar vermuten, hinter jeder neuen Verordnung verberge sich die Sorge um das Wohlergehen dieser für uns so wichtigen Diaspora.

Nehmen wir doch nur den letzten Erlaß bezüglich der Erhöhung der Kraftfahrzeugsteuer auf gebrauchte Kinderwagen bis Baujahr 1973. Die Wirtschaftsexperten des Finanzamts standen kurz vor Festsetzung der Steuer auf lediglich 11,72 Prozent vom Kaufpreis des Fahrzeuges (unter Berücksichtigung der halbjährlichen Wertverminderung von 0,701 Prozent), als plötzlich der Verantwortliche für Staatseinnahmen sich erhob und mit gedämpfter Stimme sagte:

»Liebe Kollegen, denken Sie doch nur einen Augenblick an die Scharen der Neueinwanderer, die sich auf dem Heimweg befinden. Es ist doch nicht zu vermeiden, daß sie uralte sowjetische Kinderwagenmodelle mitbringen. Wenn sie dann feststellen, daß wir so gut wie keine Steuern auf ihre armseligen Vehikel erheben, werden sie zu Recht fragen: Sind wir etwa keine Juden? Sind wir denn weniger wert als unsere israelischen

Brüder, daß sie uns nicht mal anständige Steuern zahlen lassen? Sind unsere Kinderwagen etwa keine Kinderwagen? Und, liebe Kollegen, wer soll diesen guten Russen erklären, daß ihre Kinderwagen hoffnungslos veraltet sind. Nein, meine Herrschaften, verlangen Sie das bitte nicht von mir. Das bringe ich ganz einfach nicht übers Herz ...«

Die Wirtschaftler senkten ihre Köpfe. Die Kfz-Steuer auf alle Kinderwagen wurde einheitlich auf 39,1 Prozent erhöht, retroaktiv, neun Monate im voraus.

Ähnlich verhielt es sich mit dem Rauchen. Wie veröffentlicht, hatte sich kürzlich ein Bäckermeister aus Jaffa vom Bezirksgericht ein sachdienliches Urteil erbeten, ob es ihm erlaubt sei, am heiligen Sabbat im Klo zu rauchen, ohne damit eine Exkommunikation durch die religiösen Parteien oder gar eine saftige Geldstrafe von der Stadtverwaltung zu riskieren. Der Richter befand, daß die Unabhängigkeitserklärung kein ausdrückliches Verbot des Rauchaktes auf Toilettenräumen beinhalte, der Antragsteller infolgedessen auf seinem Klo nach Lust und Laune qualmen dürfe, »solange er die Fenster nicht öffne«.

Die Opposition lehnte den Entwurf mit allem Nachdruck ab. Als passionierte Raucher ohnedies von der Tabaksteuer benachteiligt, fiele ihnen nicht ein, dem Finanzamt noch mehr Geld in den Rachen zu stopfen. Da jedoch erhob sich der Finanzminister und richtete scharfe Worte an seine Kritiker:

»Nun mal schön alles der Reihe nach, Kollegen. Das Ministerium wäre nur zu gerne bereit, auf diese neue Finanzressource zu verzichten. Aber, Freunde, da muß ich doch fragen, was werden unsere sowjetischen Einwanderer dazu sagen? Warum sind wir überhaupt hergekommen, werden sie sagen. In Rußland haben wir am Sabbat geraucht und keine Strafe bezahlt, und nun sollen wir auch in unserer neuen Heimat ungestraft am gottgeweihten Sabbat rauchen dürfen? Dann hätten wir ja auch gleich bei den Ketzern bleiben können. Wollen Sie wirklich, verehrte Kollegen, daß unsere russischen Brüder uns das zum Vorwurf machen?«

Nein, das war das letzte, was die verehrten Kollegen wollten. Das Gesetz wurde einstimmig verabschiedet, und gleichzeitig der Zoll auf Aschenbecher um 33,07 Prozent erhöht. In derselben Sitzung wurde auch gleich ein angemessener Etat für die Schaffung von fünf neuen Staatsministerien bereitgestellt, die für die sieben neuen Koalitionsminister benötigt wurden.

»Zuallererst«, so der Ministerpräsident, »nehme ich Rücksicht auf die Gefühle des sowjetischen Judentums. Nach ihrer Ankunft werden sie doch den Vergleich anstellen: die UdSSR hat vierzehn Staatsministerien, und dann soll unsere neu gefundene Heimat nicht mindestens doppelt so viele haben? Sind die Russkis etwa besser als das auserwählte Volk? Liebe Kollegen, wir wollen den nationalen Stolz unserer russischen Brüder nicht verletzen, oder?«

Seither haben wir 32 Ministerien, weitere vier sind in Planung. Das bewegendste Ereignis aber trug sich vor wenigen Tagen in Jerusalem zu. Einige hochrangige Beamte des Finanzministeriums erörterten die immensen Schwierigkeiten, die russische Einwanderer mit ihrer Einbürgerung haben.

»Verwirrt und ratlos kommen sie am Flughafen an, die Sprache ist ihnen fremd, ihre Gewohnheiten anders, und ihre Frauen sehen fast nicht jüdisch aus. Stumm und verlassen sitzen sie im Warteraum, nur ihre schwarzen Augen flehen: Brüder, helft uns ...«

Der Finanzminister, ein Mann aus Marmor, schluchzte auf und zog sich in sein Büro zurück. Als er nach einer Weile heraustrat, glänzten Tränen in seinen Augen:

»Freunde«, flüsterte er heiser, »hiermit erhöhe

ich die steuerpflichtigen Vermittlungsgebühren für den Verkauf staatssubventionierter Pfandbriefe auf der Diamantenbörse um eineinhalb Prozent, von Brutto.«

Auch das Milchpulver wurde bei dieser Gelegenheit um 10,72 Prozent teurer, zum Andenken an Tewje den Milchmann und seine sieben Töchter aus Anatevka in der Ukraine.

Oh, nein, an Heuchelei mangelt es im Steuersystem wirklich nicht. Und erst recht nicht bei der Einkommensteuer. Allein der Zweck dieser Besteuerung trägt schon ein gehöriges Maß an Scheinheiligkeit in sich. Sie wurde nämlich nicht nur erfunden, um den Staatshaushalt auszugleichen, sondern sie hat auch noch eine andere, ganz und gar nicht monetäre Mission – nämlich, die verängstigten Bürger mit einer Schreckensherrschaft in Schach zu halten.

»Hasset mich, aber fürchtet mich«, sagte schon der göttliche Caligula, als er in seinem Palast einen Puff unter der zurückhaltenden Mitwirkung der Frauen und Töchter seiner Senatoren einrichtete, um dem römischen Volk ein wenig Zerstreuung zu gönnen. In Anlehnung an das römische Beispiel läßt sich feststellen, daß auch heutige Regierungen nichts dagegen haben, wenn ihre Bürger sie ein wenig hassen, aber vor Angst schlottern ...

Auch Ex-Präsident Richard Nixon, im Volksmund bis heute »Tricky Dicky« genannt, wußte schon genau, wie man unliebsame Rivalen und Kritiker mundtot macht. Er ließ ganz einfach eine gründliche Steuerprüfung bei diesen Taugenichtsen vornehmen. Als der Finanzminister sich weigerte, die vom Präsidenten angeordneten »Stichproben« durchzuführen, wurde er auf der Stelle gefeuert, ohne Rente und ohne Abfindung.

Was recht ist, soll recht bleiben: Tricky Dicky war bestimmt kein Trottel. Er wußte ganz genau, daß es für das Steueramt gar nicht erforderlich ist, Unregelmäßigkeiten in der Akte des Betroffenen zu entdecken. Um das Opfer an den Rand des Wahnsinns zu treiben, reicht es durchaus, den Steuerzahler von Zeit zu Zeit aufzufordern, bis Monatsende Rechnungen, Belege und Unterlagen aus den Jahren 1981 – 1982 – 1983 – 1984 – 1985 – 1986 – 1987 – 1988 – 1989 – 1990 vorzulegen – und zwar im Original –, um die Korrektheit seiner Steuererklärung unter Beweis zu stellen.

Nur in einigen auserwählten Staaten ist es den Steuerbeamten untersagt, ihre finsteren Neigungen derart auszuleben. Dort dürfen lediglich die Unterlagen der letzten fünf, allerhöchstens sieben Jahre angefordert werden, es sei denn, mittlerweile liegt »neues belastendes Beweismaterial für zweifelhafte Vorhaben des Steuerzahlers« vor. In derart peinlichen Fällen gibt es natürlich keine Zeitbegrenzung, keine Verjährung und keine Gnade. Der Verdacht allein berechtigt die Steuerbehörde, auch eine bis zum Sparschwein zurückreichende Überprüfung der Jahre 1931 – 1932 – 1933 ...

Der geneigte Leser möchte doch bitte in seiner Freizeit seine eigene Unterlagenserie bis einschließlich 31. Dezember 1989, Mitternacht, als Trockenübung erstellen.

Eigentlich sollte man mit Steuerbeamten durchaus Mitleid haben. Ihre Gehälter sind klein, die Verantwortung groß, und ihre Popularität läßt eher zu wünschen übrig. Darüber hinaus wissen sie auch ganz genau, daß die Steuergesetze eigentlich undurchführbar sind. Und oft identifizieren sie sich bei ihrer Vollstreckung voll und ganz mit ihren gequälten Kunden, die wie schlaflose Käuze über ihren gefälschten Büchern und Belegen brüten und auf den Jüngsten Tag warten.

Das moderne Steuersystem ist jedoch notwendig, um das nimmersatte Staatssäckel unaufhörlich zu füttern. The show must go on. Und je schärfer die Verordnungen, desto größer die Hoffnung der Regierung auf höhere Einnahmen.

Die profitabelsten Gesetze sind jedoch die undurchführbaren. Damit geht man auf Nummer sicher. Strafzettel beispielsweise sind eine unversiegbare Quelle nationalen Einkommens. Oder die vorgeschriebene Höchstgeschwindigkeit von 50 Stundenkilometern im Stadtgebiet, die ein Auto bestenfalls dann einhalten kann, wenn es abgeschleppt wird ...

Von diesen Überlegungen inspiriert regte sich in den siebziger Jahren in mir der Wunsch, erstmals in der Weltgeschichte ein Opernlibretto zu schreiben, das sich gänzlich mit der Einkommensteuer beschäftigt. Die Uraufführung fand im Tel Aviver Opernhaus statt und wurde von den anwesenden Steuerzahlern mit tosendem Jubel belohnt. Die wahren Helden meines musikalischen Epos, die Steuerbehörden, begnügten sich hingegen mit höflichem Applaus und 87,4 Prozent meiner Tantiemen.

Die Textvorlage zu meiner Opera Buffa mit ihrem allegorisch-sachlich-surrealistischen Inhalt liest sich wie folgt.

Der Betrüger

Ein Alpdruck in 5 Szenen

Personen:

Finanzminister
Ausschußmitglieder A, B, C und D
Platschek
Chaja, seine Frau
Postbote
Kraus, Untermieter
Schultheiß, Oberinspektor
Inspektoren, Kadetten
1. Fußgänger
2. Fußgänger
3. Fußgänger
Träger
Rechtsanwalt
Scharfrichter

1. Szene

Leerer Sitzungssaal. Konferenztisch mit Stühlen. Auf dem Tisch ein Hammer und eine Rechenmaschine.

Minister: Liebe Freunde! Verehrte Anwesende und Regierungsbeamte! Exzellenz! Übrigens, die Exzellenz bin ich. Ich bin der Minister für Budgetplanung und heiße Luft. Natürlich bin ich mir klar darüber, daß ich mich in der Bevölkerung keiner großen Beliebtheit erfreue – nein,

nein, widersprechen Sie nicht. So etwas fühlt man. Wer liebt schon einen Minister für Budgetplanung, der Luft heißt? Vielleicht das Budget. Ich weiß: Sie alle halten mich für ein Ungeheuer, das dem armen Bürger sein bißchen Geld wegnimmt. Aber wem soll ich das Geld wegnehmen, wenn nicht den Armen? Es gibt ja bei uns nur noch Arme. Und der ärmste von allen ist der Staat. Haben Sie eine Ahnung, was ein Unterseeboot kostet? Gebraucht und ohne Periskop? Ein Vermögen! Aber daran denkt niemand. Ich gebe Ihnen mein Wort, daß ich mein Amt schon längst niedergelegt hätte, wenn ich nicht so gerne Minister wäre. Nehmen Sie zum Beispiel dieses dringende Telegramm, das mich gestern erreicht hat. Es lautet: »Liebling, ich habe ein Defizit von 60 Millionen. Um Himmels willen, hilf mir, mein Budget in Ordnung zu bringen.« 60 Millionen! Woher soll ich die nehmen? Heute früh hatte ich noch 2 Millionen ... Wo sind sie denn nur ... *(Sucht in seinen Taschen)* Ach ja, mit denen habe ich das Phosphatdefizit gedeckt. Ich bin in der letzten Zeit ein wenig zerstreut. Kein Wunder ... Jedenfalls werde ich das Budget ausgleichen, auch wenn's noch so viel kostet. *(Hammer)* Der Finanzausgleichsausschuß, bitte! Ich berufe hiermit eine außerordentliche Sitzung ein.

(Die Ausschußmitglieder A, B, C und D betreten den Sitzungssaal und nehmen Platz.)

MINISTER: *(Hammer)*

FRAU A: Ich ersuche Seine Exzellenz, die Sitzung zu eröffnen.

MINISTER: Vielen Dank, Liebling. Meine Damen und Herren, wir befinden uns in einer äußerst kritischen Situation. Es ist kein Regierungsgeheimnis, daß unsere Ausgaben alle Planungen und Schätzungen bei weitem übersteigen. Ich möchte die Lage nicht direkt als katastrophal bezeichnen, das wird schon die Opposition besorgen. Tatsache ist, daß erst vor wenigen Tagen unser dringendes Ersuchen um eine Milliarde Dollar für technische Hilfe im Rahmen der weltweiten Hilfsaktion für unterentwickelte Länder abgelehnt wurde. Es nützt nichts, unser Lebensstandard ist zu hoch. Er muß gesenkt werden. Aber wir werden ihn nicht senken.

D: Warum nicht?

MINISTER: Weil ich die Wahlen gewinnen will.

D: Eine Unverschämtheit!

FRAU A: *Sie* sind unverschämt!

B: Nein, *Sie*!

MINISTER: Bitte streichen Sie das aus dem Protokoll. Wo bin ich stehengeblieben? Richtig. Wissen Sie, was ein Unterseeboot kostet?

FRAU A: Ein Vermögen.

MINISTER: Und nicht einen Pfennig weniger. Dem habe ich nichts mehr hinzuzufügen. Ich warte auf Vorschläge, wie wir das nötige Geld beschaffen sollen.

B: Durch einen Verteidigungszuschlag.

MINISTER: Auf was?

B: Auf die Verteidigungszuschläge. Jeder, der einen Verteidigungszuschlag entrichtet, muß dafür einen Verteidigungszuschlag entrichten.

Minister: Das ist lächerlich. Außerdem haben wir es schon vorgestern beschlossen.

B: Dann müssen wir eine andere Bezeichnung dafür finden. Sagen wir zum Beispiel: eine Sicherheitsgebühr für den Verteidigungszuschlag. Wer eine Sicherheitsgebühr für den Verteidigungszuschlag entrichtet, entrichtet einen Sicherheitszuschlag für die Verteidigungsgebühr.

Minister: Ich ziehe das für nächste Woche in Erwägung. Weiter?

Frau A: Eine Zusatztaxe für Luxusschuhe.

Minister: Was sind Luxusschuhe?

Frau A: Schuhe, in denen man gehen kann.

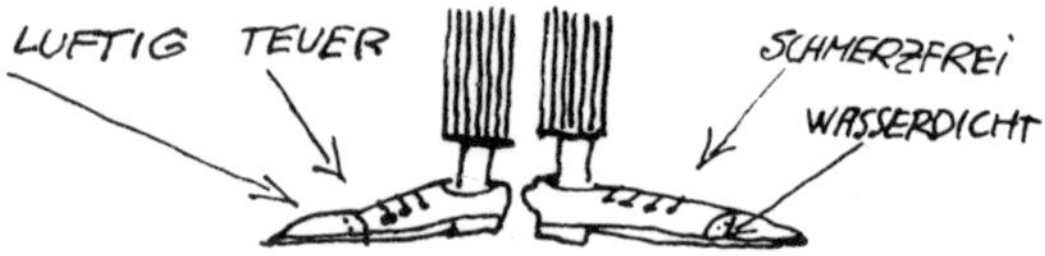

D: Vollkommen vertrottelt.

B: *Sie* sind ein Trottel.

Frau A: Selber Trottel!

C: Ich beantrage, den Punkt zu vertagen.

Minister: *Sie* führen das Protokoll und reden uns nichts drein.

C *(steht auf)*: Ich trete zurück.

Minister: Setzen Sie sich. Haben Sie einen Vorschlag?

C *(setzt sich)*: Strafmandate für alle Fahrräder, die im Regen fahren. *(Allgemeines Gemurmel)*

MINISTER: Wie oft regnet es schon bei uns? Das bringt nichts ein.

D: Sehen wir den Tatsachen ins Gesicht. Verteidigungszuschlag – Sicherheitsgebühr – Luxusschuhtaxe – was sollen wir jetzt noch besteuern? Vielleicht das Atmen?

MINISTER *(horcht auf)*: Sagten Sie »atmen«?

D: Ja.

MINISTER *(nachdenklich)*: Atmen ... Atmen ... Wie viele Menschen atmen in diesem Land?

FRAU A: Eigentlich alle.

D *(beschwichtigend)*: Na, na, na.

C: Jedenfalls die große Mehrheit.

B: Das könnte stimmen. Und wir könnten eine sehr hübsche kleine Steuer ...

MINISTER: Meine Damen und Herren, solange *ich* auf diesem Ministersessel sitze, wird die Steuerlast des Bürgers nicht erhöht. Eine Atemsteuer einzuheben wäre nicht nur unpraktisch, sondern würde bei der Bevölkerung auf größten Widerstand stoßen. Und das mit Recht. Es gibt Dinge, die man einfach nicht machen kann. Deshalb beantrage ich statt dessen das Atmen zu verbieten.

FRAU A: Sehr gut. Höchste Zeit.

D: Grundsätzlich habe ich nichts dagegen. Aber warum gleich verbieten?

MINISTER: Wegen der Strafgebühren. Wenn das Atmen für ungesetzlich erklärt wird, brauchen die gesetzestreuen Bürger nichts zu befürchten. Nur Zuwiderhandelnde werden bestraft.

B: Eine sehr tolerante Auslegung.

D: Mit wieviel Einkünften aus diesen Strafgebühren rechnen Sie?

Minister *(manipuliert an der Rechenmaschine).*

Die Rechenmaschine: Ping!

Minister: 6 Milliarden! Die Bilanz ist gerettet.

D: Augenblick. Und was, wenn alle Bürger vorschriftsmäßig zu atmen aufhören?

Minister: Da kennen Sie unsere Bürger schlecht. Die atmen weiter. Machen Sie sich keine Sorgen.

Frau A: Eine so eingefleischte Gewohnheit kann man schließlich nicht über Nacht aufgeben.

Minister: Goldene Worte. *(Zu C)* Protokollieren Sie ... »Gesetzesentwurf über ein allgemeines Atmungsverbot. Ziffer IV/71a. Beginnend mit Donnerstag nächster Woche ist es allen im Lande lebenden Bürgern ...«

C: ... im folgenden »Luftverbraucher« genannt ...

Minister: »... gesetzlich verboten, die umliegende Luft in ihre Lungen zu ziehen, sei es durch Nase oder Mund ...«

B: »... oder durch andere im menschlichen Körper vorhandene Öffnungen.«

Minister: »Jeder Luftverbraucher hat innerhalb von drei Tagen eine eidesstattliche Erklärung über den genauen Zeitpunkt abzugeben, an dem er den Luftverbrauch oder das sogenannte ›Atmen‹ eingestellt hat.« Und jetzt die Hauptsache. Bitte in Großbuchstaben: »Wer eine unvollständige oder falsche Erklärung vorlegt, wird mit einer Geldbuße von 3000 Pfund oder Gefängnis bis zur Dauer eines Jahres bestraft.« ... Das wird die Kasse klingeln lassen... *(Zu C)* Nein, das protokollieren Sie *nicht*. Weiter: »Der Strafsatz für Zuwiderhandlung gegen das Gesetz über die Einstellung des Luftverbrauchs bzw. der Tätigkeit ›atmen‹ beträgt: Pf. 10000 oder Gefängnis bis zu drei Jahren oder beides« ... oder abwechselnd ... Hauptsache, daß gezahlt wird...

FRAU A: Bravo.

D: Einen Augenblick. Ich habe Bedenken. Die Strafsätze sind zu hoch und könnten zu einem Zusammenbruch der Privatwirtschaft führen.

B: Aha! Schon im voraus eine Ausrede, was?

D: Auf Ihre Unterstellung gibt es nur eine einzige Antwort: Maul halten!

FRAU A: Selber Maul halten!

D: Alle Maul halten!

C: Gestrichen.

MINISTER: Meine Damen und Herren, in der Hitze der Diskussion ist ein kleines Detail unbeachtet geblieben. Haben Sie eine Ahnung, was ein Unterseeboot kostet?

FRAU A: Ein Vermögen.

MINISTER: Bis gestern. Heute kostet es drei Prozent mehr.

Frau A: Ich möchte nur einen kleinen Vorbehalt anbringen. Seine Exzellenz sollte überlegen, ob von der Arbeiterklasse, und besonders von jenem Teil, der mit körperlicher Arbeit beschäftigt ist, eine völlige Einstellung des Luftverbrauchs während der Arbeit verlangt werden kann. Ein selbständiger Kaufmann, der die ganze Zeit wie eine räuberische Spinne in seinem Laden sitzt, kann jederzeit ohne Mühe das Atmen einstellen. Aber die arbeitenden Massen …

D: Hört, hört! …

C: Gestrichen.

D: In Ordnung. Und diesmal werden auch die Landwirte zahlen.

B: Unsinn. Das Gesetz über die Einstellung des Atmens ist auf die Landwirte nicht anwendbar, weil sie in der freien Luft arbeiten und ihr Luftverbrauch somit keinen direkten Einfluß auf den Marktpreis hat. *(Zu D)* Maul halten!

D: Hatten wir schon.

Minister: Meine Damen und Herren, wir schreiten zur Abstimmung. Wer für den Gesetzentwurf stimmt, hebt die Hand. Der Ordnung halber möchte ich anführen, daß die Mitglieder dieses Ausschusses dem in Rede stehenden Gesetz nicht unterliegen, was zwar keine Rolle spielt und Sie, meine Damen und Herren, ganz gewiß nicht beeinflussen wird, aber ich möchte es gesagt haben.

D *(hebt die Hand)*: Sehr richtig.

B *(hebt die Hand)*: Wäre mir gar nicht eingefallen.

FRAU A: Ich schließe mich meinem Vorredner an.

C *(hebt die Hand)*: Ich enthalte mich der Stimme.

MINISTER *(Gebärde des Auszählens)*: Einstimmig angenommen. Meine Damen und Herren, ich bin tief bewegt. Ich danke Ihnen für Ihre wahrhaft vorbildliche und wahrhaft patriotische Gesinnung. In der morgigen Parlamentssitzung wird das Gesetz über die Einstellung des Atmens verabschiedet werden, und dann wird es uns endlich wieder möglich sein, frei zu atmen.

2. SZENE

Ein Wohnraum. PLATSCHEK *sitzt in einem Lehnstuhl und liest Zeitung.* CHAJA, *seine Frau, räumt den Frühstückstisch ab.*

PLATSCHEK: Also das Parlament hat das Gesetz verabschiedet.

CHAJA: Welches Gesetz?

PLATSCHEK: Das Gesetz über die Einstellung des Atmens.

CHAJA: Natürlich haben sie es verabschiedet.

PLATSCHEK: Nein, das war gar nicht so sicher. Eigentlich hätte ich erwartet, daß die Orthodoxen dagegen stimmen, weil man ihnen den Vizebürgermeister von Haifa weggenommen hat.

CHAJA: Wie paßt das zusammen?

PLATSCHEK *(seufzt)*: Jedenfalls ist die Gesetzesvorlage durchgegangen. *(Liest)* »Nach einer langen, hitzigen Debatte, die bis weit über Mitternacht ging, verabschiedete das Parlament kurz nach vier Uhr früh das Atmungsverbotsgesetz mit allen Stimmen der Regierungsparteien. Nur die Opposition stimmte dagegen.« Es ist erst wenige Stunden her...

(Läuten an der Tür.)

CHAJA *(öffnet).*

POSTBOTE: Platschek?

CHAJA: Erraten!

POSTBOTE: Unterschreiben Sie hier.

CHAJA: Was ist das?

POSTBOTE: Die Formulare für die Luftverbrauchserklärungen.

PLATSCHEK *(nimmt das umfangreiche Paket entgegen)*: Warum hat das so lange gedauert?

POSTBOTE: Weil ich auch noch andere Kundschaft habe.

PLATSCHEK *(liest die Aufschrift)*: »Staatliche Atmungsbehörde«. Man glaubt es nicht. Seit wann besteht diese merkwürdige Behörde?

POSTBOTE: Seit soeben. Wohnt hier Herr Kraus?

CHAJA: Ja. Er ist unser Untermieter. Kraus!

KRAUS *(erscheint im Bademantel)*: Was ist los?

PLATSCHEK: Ein eingeschriebener Brief für Sie.

KRAUS: Ich zahle nicht. *(Ab)*

PLATSCHEK: Das fängt ja gut an.

POSTBOTE: Niemand weiß, um was es sich handelt, aber jeder macht Schwierigkeiten. Typisch! *(Ab)*

CHAJA: Er hat recht. Du solltest dich schämen, Jossel. Du benimmst dich, als ob wir noch in der Diaspora wären. Solange wir unter unseren Feinden gelebt haben, war das eine verständliche Haltung. Aber jetzt werden wir von unseren eigenen Glaubensgenossen beraubt. Das ist doch etwas anderes, oder nicht? Sind wir jetzt im eigenen Land, oder nicht?

PLATSCHEK: Trotzdem können sie uns nicht verbieten zu atmen.

CHAJA: Wie du siehst, können sie. Sonst würden sie es nicht tun. Schließlich besteht die Regierung nicht aus kleinen Kindern.

PLATSCHEK: Nicht?

CHAJA: Du solltest etwas mehr Ernst und etwas mehr Verständnis für die Staatsraison aufbringen, Jossel!

PLATSCHEK: Ich habe Bedenken gegen dieses Gesetz. Ich finde – du kannst natürlich anderer Meinung sein –, *ich* finde, daß der Mensch atmen muß. Das liegt in seiner Natur.

CHAJA: Vielleicht in deiner. Woher nimmst du das Recht, für die gesamte Menschheit zu sprechen?

PLATSCHEK: Ich bin nicht der einzige, der an diesem Gesetz etwas auszusetzen hat. Auch die Zeitungen tun das. Hier, im Leitartikel steht es ganz deutlich: »Wie groß das Defizit in unserem Staatshaushalt sein mag – dieses Gesetz wird die Lücke nicht schließen.« Hast du gehört? Weiter: »Es wird nur ein paar Löcher stopfen und andere dafür aufreißen oder umgekehrt.« Das ist die Meinung eines Fachmanns, damit du's nur weißt. Eines Wirtschaftsexperten. »Gesetze dieser Art bewirken eine Verlagerung der Kaufkraft von jenen Gebieten, wo sie bestanden hat, auf andere Gebiete, wo die Kaufkraft erst geweckt werden muß.« Klar?

CHAJA: Gesetz ist Gesetz. Im übrigen habe ich den Eindruck, daß der Verfasser des Leitartikels im Grunde *für* das Gesetz ist.

PLATSCHEK: Aber mit Vorbehalt. Er gebraucht zu oft das Wort »Kaufkraft«. Das ist immer ein Zeichen dafür, daß die Journalisten mit ihren Gehältern nicht zufrieden sind.

CHAJA: Nur so weiter. Im Gefängnis werde ich dich nicht besuchen, das sag' ich dir schon jetzt.

PLATSCHEK: Ich bin noch nicht im Gefängnis.

CHAJA: Weil sie dich noch nicht erwischt haben.

PLATSCHEK: Sie werden mich auch in Zukunft nicht erwischen, mach dir keine Sorgen.

Chaja: Typisch. Ihr Männer seid alle gleich. Ihr habt nichts anderes im Kopf, als euch vor den Pflichten des Staatsbürgers zu drücken. Auch jetzt wieder. Die Regierung kommt und sagt: »Meine Herren, wir befinden uns in einer kritischen Lage, wir müssen den Gürtel enger schnallen, bitte hören Sie auf zu atmen« – und was ist Jossel Platscheks erster Gedanke? Wie er dieses Gesetz umgehen kann.

Kraus *(kommt mit einem Paket Formulare in der Hand)*: Was soll ich damit?

Platschek: Zeigen Sie her... Da steht's ja ganz deutlich: Formular Nr. I/986463829 betr. Einstellung des Luftverbrauchs, in acht Exemplaren auszufüllen.

Chaja: Setzen Sie sich, Kraus.

Kraus: Danke schön, Frau Platschek. Ich versteh' das nicht. Wie kann ich aufhören zu atmen?

Platschek: Vielleicht ist es gar nicht so streng gemeint. Vielleicht findet sich ein Ersatz.

Kraus: Wenn ich doch aber atmen muß.

Platschek: Warum müssen Sie?

Kraus: Weil – weil ich Mundharmonika spiele.

Chaja: Ich nehme an, daß es irgendwo in den Vorschriften eine Klausel für musikalisches Atmen gibt. Haben Sie schon das Kleingedruckte gelesen, Kraus?

Kraus: Nein. Ich bin weitsichtig.

Chaja: Wir alle müssen unser Scherflein beitragen, Kraus. Auch Sie. Hören Sie auf zu atmen. Daran ist noch niemand gestorben.

Kraus: Ich bin gerne bereit dazu, Frau Platschek, aber unter einer Bedingung: daß auch alle anderen mit dem Atmen aufhören.

Platschek: Sehr richtig.

Kraus: Ich kann mir nämlich sehr gut vorstellen, Frau Platschek, wie sich das abspielen wird. Die Leute werden herumgehen und behaupten, daß sie nicht atmen, aber wenn niemand hinschaut, füllen sie sich ihre Lungen rasch mit Luft, als ob es das Natürlichste von der Welt wäre.

Chaja: Sie können sicher sein, daß mein Mann so etwas nie tun würde.

Kraus: Wir werden ja sehen, Frau Platschek. *(Ab)*

Platschek: Der Mann gefällt mir nicht.

Chaja: Schon wieder ängstlich? Wer seine staatsbürgerlichen Pflichten erfüllt, hat nichts zu fürchten. Nur die Drückeberger müssen zittern. Versuch's Jossel. Versuch einmal im Leben, den behördlichen Anordnungen zu folgen. Vielleicht wird es am Anfang nicht ganz leicht sein, vielleicht wird es dich Mühe kosten, aber du wirst ein reines Gewissen haben, und das ist die Hauptsache.

PLATSCHEK: Eigentlich hast du recht. Man soll sich nicht künstlich in Schwierigkeiten bringen. *(Schreibt)* »Der Luftverbraucher Platschek, Josef hat heute, Montag, um 9.15 Uhr das Atmen eingestellt und erklärt an Eides Statt, daß er die Behörden nicht hintergehen wird … Unterschrift …« *(Unterschreibt)*

CHAJA: So ist's recht. Ich bin stolz auf dich, Platschek. Jetzt holst du noch einmal Luft, und dann hörst du mit dem Atmen auf.

PLATSCHEK *(tut es)*.

CHAJA: Na? War das gar so schwer?

PLATSCHEK *(mit schwacher Stimme)*: Nicht sehr.

KRAUS *(erscheint in der Tür, eine Wäscheklammer über die Nase geklemmt, und betrachtet Platschek in stummem Mißtrauen)*.

PLATSCHEK *(dem Ersticken nahe)*: Alles unter Kontrolle …

3. SZENE

Ministerium. Der MINISTER *hält eine Ansprache an die neuernannten Inspektoren (einige hundert). Ihm zunächst steht Oberinspektor* SCHULTHEISS.

MINISTER: Kadetten! Werdende Inspektoren! Absolventen des Perfektionskurses! Ihr verlaßt heute das Trainingslager der Staatlichen Atmungsbehörde, um eine wichtige Rolle im Ausbalancieren unseres Budgets zu übernehmen. Kadetten! Haltet die Fahne der wirtschaftlichen Gesundung hoch! Die Verordnungen über die Einstellung des Atmens haben sich zwar noch nicht wunschgemäß durchgesetzt, haben noch nicht jenen Punkt erreicht, an dem die ökonomischen und biologischen Faktoren zweckdienlich aufeinander abgestimmt sind. Aber das darf uns nicht irremachen. Wir schreiten mit angehaltenem Atem vorwärts! *(Hochrufe)* Wir wissen,

daß jedes Pfund, das als Buße für ungesetzliches Atmen eingehoben wird, zur Festigung unseres Staatshaushalts, unserer Wirtschaft und unserer nationalen Selbständigkeit beiträgt! *(Hochrufe)* Ich bitte den Oberinspektor, die Angelobung vorzunehmen.

SCHULTHEISS: Achtung! Ich spreche die Eidesformel vor. Sie ist langsam und deutlich zu wiederholen: »Als neubestellter Atmungsinspektor schwöre ich ... *(Wiederholung im Chor)* ... daß ich fest und heilig entschlossen bin *(Wie oben)*

... die Befolgung des Gesetzes über die Einstellung des Luftverbrauchs streng zu beobachten ... *(Wie oben)* ... und alle Zuwiderhandelnden, die dieses Gesetz in krimineller Weise und zum Schaden unseres Staates verletzen ... *(Wie oben)* ... der gerechten Bestrafung zuzuführen ... *(Wie oben)* ... Hurra!

DIE INSPEKTOREN: Hurra!

SCHULTHEISS: Hurra! Hurra!

DIE INSPEKTOREN: Hurra! Hurra!

SCHULTHEISS: Hurra! Hurra! Hurra!

(Die Kapelle spielt einen Militärmarsch, die Inspektoren marschieren militärisch ab.)

MINISTER: Gut gemacht, Schultheiß.

SCHULTHEISS: Danke, Exzellenz. Auch meine Jungs werden es gut machen.

MINISTER: Hoffen wir's. Diese 25000 neuen Inspektoren kosten uns 6 Milliarden im Jahr.

SCHULTHEISS: Noch 5000 Absolventen des Kadettenkurses – und wir haben die geplante Stärke erreicht.

MINISTER: Immerhin sollten wir darauf achten, daß die Zahl der Inspektoren in keinem Zeitpunkt die Zahl der Luftverbraucher übersteigt.

SCHULTHEISS: Gewiß. Gibt es etwas Neues an der Atmungsfront?

MINISTER: Fortschritte. Anfangs versuchen sie alle, heimlich zu atmen, man kennt das ja. Aber mit der Zeit wird ihnen hoffentlich klarwerden, daß auch in diesem Land die Gesetze befolgt werden müssen.

SCHULTHEISS: Wir sind eben noch ein junger Staat, Exzellenz.

MINISTER: Weiß ich, weiß ich. Und es liegt mir fern, den Durchschnittsbürger diffamieren zu wollen. Unter uns gesagt, Schultheiß: Es ist schwer, jahrelang nicht zu atmen.

SCHULTHEISS: Sie sagen es. Und die Versuchung ist groß. Wir müssen äußerste Wachsamkeit walten lassen.

MINISTER: Wachsamkeit und Disziplin. Aber ich habe den Eindruck, Schultheiß, daß trotzdem …

SCHULTHEISS: Die Zeit arbeitet für uns.

MINISTER: Ja, das tut sie. Zum Beispiel sind die Berichte aus Nord-Galiläa durchaus zufriedenstellend. Dort ist die Zahl der Luftverbraucher bereits auf 85 Prozent gesunken. Hingegen gibt es in Tel-Aviv praktisch nur Delinquenten.

SCHULTHEISS: Eine korrupte Stadt.

MINISTER: Andererseits ist die Bevölkerung auf ihre Weise durchaus zur Mitarbeit bereit. Wir haben bisher 800000 anonyme Schmähbriefe bekommen.

SCHULTHEISS: Großartig!

MINISTER: Die probeweise eingeführten Denunziationsformulare haben ganz gut eingeschlagen. Sie sind jetzt in jedem Postamt erhältlich. Das hier habe ich gerade heute bekommen. *(Zieht ein Papier aus der Tasche)* Lesen Sie's. Es ist ein bemerkenswertes Dokument von Zivilcourage.

SCHULTHEISS *(liest)*: »Denunziationsformular IV/800.001, Kreis Tel-Aviv Nord. Name des Delinquenten: Josef Platschek. Finanzlage: zufriedenstellend...« Soll ich weiterlesen?

MINISTER: Natürlich. Jetzt wird's erst interessant.

SCHULTHEISS *(liest)*: »Sehr geehrter Führer! Im allgemeinen tue ich nie, was die Regierung von mir verlangt, weil das meinem Charakter widerspricht. Diesmal jedoch mußte ich mir sagen: So geht's nicht weiter bzw. was geht hier vor. Entweder herrschen Gesetz und Ordnung, oder sie herrschen nicht. Ich wohne seit einem Jahr bei den Platscheks und zahle ihnen 45 Pfund monatlich ohne Küchenbenützung. Ich darf auch keine weiblichen Besuche empfangen, was meine Lebensfreude empfindlich beeinträchtigt. Andererseits ist es überflüssig, weibliche Personen nach Hause zu bringen, wenn eine weibliche Person sich sowieso im Hause befindet, und zwar Frau Platschek. Sie ist nicht mehr die Jüngste, aber das hätte mich nicht gestört. Geehrte Behörde, ich kann Beweise beibringen, daß der Mann von Frau Platschek noch atmet. Während des Tages macht er gewisse Anstrengungen zum Durchhalten, aber in der Nacht schnarcht er mit Hilfe von Luft wie eine Kreissäge. Dadurch bricht er die gesetzlichen Vor-

schriften unseres Landes. Ich ersuche Sie, den Verräter im Interesse der Gerechtigkeit zu verhaften, und danke Ihnen im voraus. Hochachtungsvoll: Kraus, Patriot.«

MINISTER: Her mit ihm.

SCHULTHEISS *(pfeift).*

INSPEKTOREN A UND B *(stürzen herbei).*

SCHULTHEISS: Bringen Sie uns den Luftverbraucher Josef Platschek! Tot oder lebendig!

A UND B *(salutieren, gehen im Laufschritt und mit drohenden Rufen ab.)*: Platschek, wo bist du... Versteck dich nicht, Platschek, du elender Feigling... Komm heraus und zeig dich, Platschek... Platschek...

4. SZENE

Straße. An einer Häusermauer lehnen zwei Männer, die an ihrer Unauffälligkeit sofort als Detektive zu erkennen sind. Vor INSPEKTOR A *steht ein Koffer, auf den er sich von Zeit zu Zeit setzt. Zu Füßen von* INSPEKTOR B *ein Ölgemälde. An der Mauer ein Plakat: »Willst du ein gutes Gewissen haben? Dann hör auf zu atmen!«*

A: Heute erwischen wir diesen Platschek. Ich spür's in allen Knochen.

B: Er muß jeden Augenblick kommen.

A: Was ist das für ein Leben... Tag und Nacht Wache stehen, ob Sonnenschein, ob Regen...

B: Ich mach's ja nicht des Geldes wegen.

A: Wieviel verdienst du?
B: 203 monatlich.
A: Ich 205,50.
B: Wie ist das möglich?
A: Nachwuchszulage. Ich habe drei Kinder.
B: Glückspilz.

A: Glück hat man nicht von selbst. Man muß es planen. *(Sieht sich um)* Platschek kommt nicht. Schon wieder nicht. Das macht er mit Absicht, der Verbrecher.

B: Vielleicht kann er gar nicht mehr? Woher wissen wir, ob er überhaupt noch atmet? Nur weil es in einem anonymen Brief stand?

A: Was das Atmen betrifft, darf man den anonymen Briefen glauben.

B: Du meinst – *alle* atmen?

A: Nicht alle. Dann und wann findet sich ein aufrechter, ehrlicher Bürger, der die Gesetze befolgt. Dann und wann. Nicht öfter. Mein Nachbar, zum Beispiel. Einer von der alten Garde. Als das Gesetz herauskam, sagte er: »Wenn meine Regierung etwas von mir verlangt, dann mach' ich's.« Und er hat sein Wort gehalten. Als altes Parteimitglied hätte er sich's richten können. Aber das wollte er nicht.

B: Ein großartiger Kerl.

A: Hunderte waren auf seinem Begräbnis.

B: Woran ist er gestorben?

A: Er ist in seinem Swimming-pool ertrunken. Man zog ihn rechtzeitig heraus, gab ihm künstliche Beatmung, und er starb vor Scham. Welch ein Mann! *(Bemerkt einen Fußgänger, der vorüberhuschen will)* He, Sie da!

1. Fussgänger: Wer, ich?

A: Nein, meine Großmutter.

1. Fussgänger: Sie machen mir Angst.

A: Kommen Sie näher! Ich möchte mit Ihnen sprechen.

1. Fussgänger: Was ... was wünschen Sie?

A *(zeigt eine Plakette)*: Staatliche Atmungsbehörde. Atmen Sie, Herr?

1. Fussgänger: Natürlich nicht.

B: Sind Sie sicher?

1. Fussgänger: Erlauben Sie, mit welchem Recht stellen Sie so beleidigende Fragen? Ich bin schließlich ein freier Bürger.

A: Das werden wir gleich haben. *(Hält dem Fußgänger mit zwei Fingern die Nase zu und steckt ihm eine Pfeife in den Mund. Während er ihn in dieser Position lässig festhält, spricht er weiter zu B)* Gestern habe ich mit den Kindern eine kleine Ausfahrt im Dienstwagen gemacht. Ich bin gewiß kein Chauvinist, aber ich muß schon sagen: Die Wüste blüht.

B: Wohin seid ihr gefahren?

A: Ans Meer. Es war ein stolzes Gefühl, dieses Land zu sehen und sich sagen zu dürfen, daß man etwas für dieses Land tut ...

1. FUSSGÄNGER: *(Pfeifton.)*
A: Aha! Also Sie atmen nicht, was?
B: Lügner!
A: Und frech war er auch noch.

1. FUSSGÄNGER: Haben Sie Erbarmen, meine Herren, ich bitte Sie ... Lassen Sie mich dieses eine Mal noch gehen ... Ich habe drei Kinder ...
B: Um so schlimmer! Denen sollten Sie ein leuchtendes Beispiel sein.
1. FUSSGÄNGER: Ich weiß ... Aber ich konnte mir nicht helfen ... Ich bin ein kranker Mann *(Hustet)* ... Haben Sie Mitleid ...
B: Sparen Sie sich das Husten, Herr. Das hilft Ihnen nichts. *(Zu A)* Wir Inspektoren stehen Tag und Nacht bei jeder Witterung Wache – und *er* hustet.
1. FUSSGÄNGER: Vielleicht kann ich Ihre Mühen und Entbehrungen ein wenig lindern.
A: Was sagen Sie da?
1. FUSSGÄNGER: Ich meine ... Ich dachte ... Vielleicht ...

B: Vielleicht was?

1. FUSSGÄNGER: Ach, nichts.

A: Das könnte Ihnen so passen. Ich habe zum Glück ein ausgezeichnetes Gedächtnis und kann mich genau erinnern, daß Sie meinen Kollegen bestechen wollten.

1. FUSSGÄNGER: Bestechen? Aber von Bestechung kann doch keine Rede sein, meine Herren. Was ich im Sinn hatte, war eine kleine Linderung ... ein kleines Zeichen meines Respekts für Ihre anstrengende Tätigkeit.

A: Wirklich? Und wie groß ist das kleine Zeichen?

1. FUSSGÄNGER: 100 ... 200 ...

A *(zu B)*: Okay, den verhaften wir.

1. FUSSGÄNGER: 500! *(Zieht seine Brieftasche und entnimmt ihr mit zitternder Hand einige Banknoten)*

A: Sie glauben doch nicht, daß wir uns an Ihrem dreckigen Geld die Finger schmutzig machen werden?

1. FUSSGÄNGER: Ich glaube es nicht, ich ... ich ...

A *(zu B)*: Nimm's ihm weg.

B *(reißt die Brieftasche an sich)*: Und jetzt schau, daß du weiterkommst!

1. FUSSGÄNGER: Danke ... Danke tausendmal ... Gott segne Sie ... Sie und Ihre Kinder ...

B *(das Geld zählend)*: Schon gut, schon gut ...

1. FUSSGÄNGER: Wer wagt da noch zu behaupten, daß die Gutherzigkeit in unserm Land ausgestorben ist ...

A: Wir tun nur unsere Pflicht. Verschwinde!

1. FUSSGÄNGER: Sie Engel! *(Ab)*

B: Nächstesmal kommst du nicht mehr so billig davon. *(Zu A)* Wieviel macht's?

A: 620 und etwas Kleingeld.

B: Netto?

A: Was heißt netto? Als ob du nicht wüßtest... *(Deutet nach oben)* Auf wieviel sind wir heute gekommen?

B: Ungefähr 50000 in bar, drei Schecks, sieben Armbanduhren und ein Ölgemälde.

A: Ja, von diesem unglückseligen Maler. Aber vergiß nicht: Es gehört mir! Du hast dir gestern zwei Plastiken und eine Ziehharmonika geschnappt. *(Öffnet den Koffer und wirft die Banknoten zu den vielen schon dort befindlichen, von denen einige herausfallen)*

B: Paß auf, sonst verlierst du was.

A: Schicken wir's lieber gleich in die Bank. *(Klatscht in die Hände)*

TRÄGER *(kommt um die Ecke)*: Jawohl, bitte?

A: Deponieren Sie das auf mein Konto.

TRÄGER: Jawohl, bitte. *(Ab mit dem Koffer)*

A *(ihm nachblickend)*: Und so was war einmal ein berühmter Dichter, bevor wir ihn beim Atmen erwischt haben.

B: Man kann heute niemandem mehr vertrauen. *(Ruft hinter dem vorübereilenden 2. Fußgänger her)* Hallo, Sie!

2. FUSSGÄNGER: Bitte?

B *(Plakette)*: Atmungsbehörde. Atmen Sie, Herr?

2. FUSSGÄNGER: Soviel ich weiß, ist es verboten.

A: Gut. *(Nasen- und Pfeifenprozedur wie beim 1. Fußgänger. Pause)*

B *(zum 2. Fußgänger)*: Na? *(Zu A)* Der scheint in Ordnung zu sein.

A: Abwarten. *(Wartet noch eine Weile, läßt dann die Nase des 2. Fußgängers los. Höflich)* Wir bitten um Entschuldigung.

2. FUSSGÄNGER: Keine Ursache.

B: Wir tun nur unsere Pflicht.

2. FUSSGÄNGER: Davon bin ich überzeugt. Ich habe Ihnen ja gleich gesagt, daß ich nicht atme.

A: Was sind Sie von Beruf, Herr?

2. FUSSGÄNGER: Tiefseetaucher. *(Ab)*

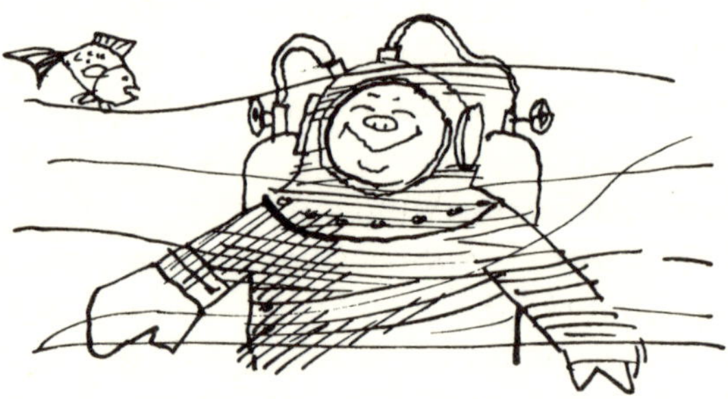

A: Wie schön, daß es noch ehrliche Leute gibt.

B: Wer nicht atmet, hat nichts zu befürchten. *(Tritt an den 3. Fußgänger heran)* Atmungsbehörde. *(Nase, Pfeife)*

3. FUSSGÄNGER *(beginnt wie verrückt zu pfeifen)*.

A: Was fällt Ihnen ein, zum Teufel?

3. FUSSGÄNGER: Ich bin Parlamentsabgeordneter.

A: Oh, Verzeihung. Sie können gehen.

3. Fussgänger: Eine Unverschämtheit! *(Ab)*

B *(zischt)*: Achtung, da kommt er!

A: Wer?

B: Platschek!

Platschek *(kommt näher, drückt sich die Häusermauer entlang, stößt mit den beiden Inspektoren zusammen, versucht zu fliehen).*

A *(stopft einen Gummiballon in Platscheks Mund. Der Ballon bläht sich auf)*

B: Da nützt kein Leugnen, mein Junge! Ein ganz schöner Luftverbrauch!

Platschek *(in Panik)*: Ich atme nicht, ich atme nicht.

A: Und wer hat den Ballon aufgeblasen?

Platschek: Keine Ahnung. Ein Wunder.

A: Halten Sie uns für komplette Idioten?

B: Erzählen Sie das Wunder auf der Polizeistube.

A: Gehen wir.

B: Da wirst du dein Wunder erleben.

A und B *(zerren Platschek unter Beschimpfungen und Handgreiflichkeiten davon)*: Das wird dir noch leid tun, du Lump ... Atmen, was? ... Und sich dann noch über die Behörde lustig machen ... Na warte ...

5. Szene

Polizeistube. Zweigeteilter Raum, klein aber trostlos. An der einen Wand ein Richtungszeiger (Pfeil): »Zur Folterkammer Nr. 107«, an der andern Wand ein Plakat: »Wer nicht atmet, bleibt frei.« Auf dem Tisch im linken Teil des Raums ein Lügendetektor. Auf einer Bank im rechten Teil CHAJA *und der* RECHTSANWALT. CHAJA *weint still vor sich hin, der* ANWALT *liest ungerührt eine Zeitung. Die Tür wird aufgerissen, und die beiden* INSPEKTOREN *stoßen* PLATSCHEK *herein. Er stürzt zu Boden.*

CHAJA *(heult auf)*: Jossel, Jossel ... Ich hab' dir immer gesagt, daß sie dich erwischen werden ... Aber du wolltest nicht hören ...

PLATSCHEK: Es ist aus ... Ich bin verloren ... Das ist das Ende ... Friede meiner Asche ...

CHAJA *(zum Anwalt)*: Auf den Knien hab' ich ihn angefleht, daß er nicht atmen soll. Beschworen hab' ich ihn: »Jossel, einmal im Leben sei ehrlich, versuch's wenigstens ...«

ANWALT: Man darf die Hoffnung nicht aufgeben, Frau Platschek. Es wird natürlich sehr schwer sein, einen Beweis dafür zu erbringen, daß Ihr Gatte nicht geatmet hat. Die Inspektoren haben seine persönliche Luft in einen Behälter abgezogen, den sie als Corpus delicti vorlegen werden. Wahrscheinlich wurde der Inhalt im Laboratorium der Atmungsbehörde bereits untersucht. Ich werde trotzdem geltend machen, daß die Luft, die sich in der Lunge Ihres Gatten befunden hat, schon vor Erlaß des Gesetzes eingezogen wurde.

CHAJA: Aber das stimmt nicht, Herr Doktor.

ANWALT: Natürlich stimmt's nicht. Das wissen auch die Behörden. Und *wir* wissen, daß *sie* es wissen. Ja noch mehr: *Sie* wissen, daß *wir* es wissen, daß *sie* wissen, daß –

PLATSCHEK: Aufhören, um Gottes willen ...

CHAJA: Unterbrich ihn nicht! Reden Sie weiter, Herr Doktor.

ANWALT: Das würde noch stundenlang dauern. Frau Platschek, jedenfalls liegt hier die juristisch-kriminologische Achillesferse in der kriminologisch-juristischen Konstruktion der Anklage. Luft? Jawohl! Aber von wo?

CHAJA: Was weiß ich?

ANWALT: Es gibt einen Präzedenzfall, der im Jahr 1773 vor dem Königlichen Gerichtshof in London verhandelt wurde. Ein Metzgermeister war angeklagt, seine Frau erschlagen zu haben, aber man konnte die Leiche nicht finden, und –

PLATSCHEK: Hat man ihn verurteilt?

ANWALT: Man hat ihn aufgehängt. Aber es war ein Justizirrtum.

PLATSCHEK: Lassen Sie mich mit Ihren Präzedenzfällen in Ruhe, Herr Doktor. Ich bin verloren.

ANWALT: Das wird sich zeigen. Wir haben es schließlich mit unserem Gerichtshof zu tun und nicht mit einem englischen.

SCHULTHEISS *(betritt den linken Teil des Raums und läutet mit der kleinen Tischglocke).*

Platschek: Das gilt mir. Adieu, Herr Doktor.

Anwalt: Adieu, Herr Platschek. Seien Sie stark.

Platschek *(umarmt Chaja)*: Leb wohl, Chaja ... Du warst mir beinahe immer eine gute Frau ... Wenn du mich in zwei Stunden nicht wiedersiehst, geh zu deiner Mutter ...

Chaja *(schluchzend)*: Nein, ich bleib' lieber mit Kraus in unserer Wohnung.

Schultheiss *(klingelt)*.

Platschek *(winkt den beiden anderen zu und torkelt in die Folterkammer)*.

Chaja *(im Abgehen mit dem Anwalt)*: Jossel, Jossel, warum hast du nur atmen müssen. *(Beide ab)*

Schultheiss: Josef Platschek?

Platschek: Noch.

Schultheiss: Nehmen Sie Platz. Ich bin Oberinspektor Schultheiß. Sie brauchen sich nicht zu fürchten. Wir sind keine Kannibalen.

Platschek: Nicht?

Schultheiss *(überhört ihn und blättert in der Akte)*: Wie ich sehe, Herr Platschek, wurden Sie in flagranti ertappt. Gewissermaßen auf frischem Atem. *(Hebt den aufgeblähten Ballon hoch)* Ist das Ihre Luft, Herr Platschek?

Platschek *(nach kurzer Prüfung)*: Ja. Eigentlich hätte ich geglaubt, daß meine Luft eine etwas größere Transparenz aufweist ... Aber vielleicht liegt das daran, daß ich in diesen Ballon die eiserne Reserve eingeatmet habe, die in meiner Lunge aufgespeichert war.

Schultheiss: Und das soll ich Ihnen glauben?

(Läßt den Ballon frei. Der Ballon steigt auf und verschwindet) Ihrer eidesstattlichen Erklärung zufolge haben Sie vor etwa zweieinhalb Monaten mit dem Atmen aufgehört. Richtig?

PLATSCHEK: Richtig.

SCHULTHEISS: Können Sie das beweisen, Herr Platschek?

PLATSCHEK: Ist Ihnen mein Ehrenwort nicht gut genug?

SCHULTHEISS: Leider haben wir mit Ehrenworten schon sehr traurige Erfahrungen gemacht. Nun, ich will Ihnen den guten Glauben zubilligen und annehmen, daß Sie tatsächlich nicht mehr atmen. Sind Sie bereit, sich einem medizinischen Test zu unterziehen?

PLATSCHEK: Warum nicht? *(Beginnt sich zu entkleiden)*

SCHULTHEISS: Nicht diese Art von Test. *(Deutet auf den Lügendetektor, der mit zwei an der Mauer befestigten Lampen verbunden ist. Von Fall zu Fall leuchtet die Lampe mit dem Zeichen »Wahr«*

oder mit dem Zeichen »Lüge« auf. Dazu ein Summton)

PLATSCHEK *(nachdem Schultheiß die Demonstration beendet hat)*: Was ist das?

SCHULTHEISS: Ein Lügendetektor.

PLATSCHEK *(erschrickt)*: Ach so... Nein... Das nicht... Das möchte ich nicht...

SCHULTHEISS: Aha!

PLATSCHEK: Ich möchte mich zuerst mit meinem Anwalt beraten... Ich komme morgen wieder... *(Steht auf)*

SCHULTHEISS *(drückt ihn nieder)*: Da Sie seit eineinhalb Monaten nicht mehr geatmet haben, brauchen Sie sich mit niemandem zu beraten. Sie befinden sich in voller Übereinstimmung mit den Gesetzen, Herr Platschek. Sie sind ein musterhafter Bürger.

PLATSCHEK: Ich verstehe nichts von Apparaten.

SCHULTHEISS: Ist auch gar nicht nötig. Versuchen wir's einmal. Wie geht es Ihnen, Herr Platschek?

PLATSCHEK: Miserabel. *(Summton, das Signal »Wahr« leuchtet auf)*

SCHULTHEISS: Sehen Sie, es stimmt. Probieren wir's noch einmal. Bin ich Ihnen sympathisch?

PLATSCHEK: Selbstverständlich. *(Summton, »Lüge«)*

SCHULTHEISS: Wie gehabt. Und jetzt, Herr Platschek, kommt die Frage, die über Ihre Zukunft entscheidet.

PLATSCHEK: Ich fühle mich schlecht.

SCHULTHEISS: Das glaube ich Ihnen. Konzentrieren Sie sich. Äußerste Konzentration, Herr Platschek. Atmen Sie?

PLATSCHEK *(schweigt)*.

SCHULTHEISS: Nun?

PLATSCHEK: Ich konzentriere mich.

SCHULTHEISS: Lassen Sie sich Zeit. Ich kann warten. Nochmals, Herr Platschek: Atmen Sie?

PLATSCHEK: Gewohnheitsmäßig?

SCHULTHEISS: Ja. Gewohnheitsmäßig.

PLATSCHEK: Ein guter Apparat. Eine intelligente Maschine. Man sollte das gar nicht glauben. Knöpfe ... Drähte ... Lichtsignale ...

SCHULTHEISS *(scharf)*: Beantworten Sie meine Frage! Atmen Sie, ja oder nein?

PLATSCHEK: Nein! *(Summton, »Wahr«)* Also bitte.

SCHULTHEISS *(fassungslos)*: Was ... was ist das? ...

PLATSCHEK: Die Wahrheit. Ich atme nicht. *(Steht auf)* Kann ich jetzt gehen?

SCHULTHEISS *(fingert am Detektor herum, wird immer nervöser, reißt die Drähte raus)*: Das ist doch unmöglich ... Der Apparat muß kaputt sein ...

PLATSCHEK: Es war mir eine Freude, Sie kennenzulernen.

SCHULTHEISS *(schleudert den Detektor auf den Boden)*: Ein Skandal ... Das hat er mir noch nie gemacht ... dieser dreckige Kasten ...

PLATSCHEK: Wie reden Sie mit einem so kostbaren Instrument? Lassen Sie sich warnen, in aller Freundschaft ...

SCHULTHEISS *(schwer atmend, faßt sich)*: Setzen Sie

sich wieder hin, Herr Platschek. Wir sind noch nicht fertig miteinander. *(Platschek setzt sich)* Also Sie atmen nicht?

PLATSCHEK: Nein. Niemals. Fragen Sie den Detektor.

SCHULTHEISS: Und ich sage Ihnen, ich, Oberinspektor Schultheiß, sage Ihnen auf Grund meiner langjährigen Erfahrung: Sie atmen, Herr Platschek. Sogar jetzt, in diesem Augenblick atmen Sie!

PLATSCHEK: Nein.

SCHULTHEISS: Und Sie haben auch vorher geatmet.

PLATSCHEK: Nein.

SCHULTHEISS: Sie haben *immer* geatmet. Sie haben nicht eine Sekunde lang aufgehört. Sie haben die ganze Zeit das Gesetz verletzt.

PLATSCHEK: Wieso wissen Sie das?

SCHULTHEISS: Wieso ich was weiß? Wenn Sie das Gesetz nicht verletzt haben, Herr Platschek – wieso leben Sie dann?

PLATSCHEK: Oje.

SCHULTHEISS: Ich bin doch kein Einfaltspinsel, mein Lieber!

PLATSCHEK: Ich auch nicht.

SCHULTHEISS: Ich aber noch weniger. Wollen Sie jetzt endlich gestehen, Platschek!

PLATSCHEK *(nickt stumm mit dem Kopf)*.

SCHULTHEISS *(brüllt)*: Sie Betrüger!

PLATSCHEK: Ja, ich bin ein Betrüger. Ich gestehe es. Ich habe mich eines abstoßenden Verbrechens schuldig gemacht. Ich habe die ganze Zeit geatmet. Schon als kleiner Junge. Auch mein seliger Vater hat geatmet. Ich konnte mir nicht helfen... es war stärker als ich... und dabei habe ich mich so bemüht... Am Anfang ist es ja auch ganz gut gegangen, aber dann konnte ich der Versuchung nicht widerstehen und begann wieder zu atmen... Jetzt bin ich verloren...

SCHULTHEISS: Weinen Sie nicht, Herr Platschek. Es kann ja noch alles gut werden.

PLATSCHEK: Chaja hat recht gehabt... Ich bin nichts wert... Ich bin ein vollkommen wertloses Subjekt...

SCHULTHEISS: Ich bedaure, Herr Platschek. Aber jetzt muß ich meine Pflicht tun.

PLATSCHEK: Das dürfen Sie nicht bedauern. Tun Sie Ihre Pflicht. Ich verdiene es.

SCHULTHEISS: Ich richte mich nur nach dem Gesetz. Sie haben das Gesetz mißachtet und haben geatmet, dafür werden Sie jetzt bestraft. *(Gongschlag)*

Scharfrichter *(tritt ein. Riesenhafte Erscheinung, in der besten mittelalterlichen Tradition gekleidet: nackter Oberkörper, blutrote Gesichtsmaske, eine Axt in der Hand. Er stellt sich in die Ecke und verschränkt die Arme)*

Platschek *(sinkt in die Knie)*: Nein!

Schultheiss: Zu spät. Das Recht nimmt seinen Lauf. *(Erhebt sich, feierlich)* Josef Platschek! Sie sind des gesetzwidrigen Atmens für schuldig befunden. Ihr Geständnis gilt als mildernd. Auf Grund von Paragraph IV Absatz 7 des Luftverbrauchsgesetzes werden Sie zu einer Geldstrafe von 8000 Pfund verurteilt.

Platschek: 8000 Pfund? Wo soll ich die hernehmen?

Schultheiss: Sie können in Raten bezahlen.

Platschek: Wo soll ich die Raten hernehmen?

Schultheiss: Hören Sie, Platschek. Ich hätte Sie im Rahmen des zitierten Paragraphen auch zu 10000 Pfund verurteilen können.

Platschek: Das ist auch schon egal.

SCHULTHEISS: Etwas *müssen* sie zahlen.

PLATSCHEK: »Etwas« ist gut. »Etwas« zahl' ich. 20, 30, meinetwegen 50 Pfund. Aber keine Phantasiebeträge.

SCHULTHEISS: Ich weiß, daß Ihnen 5000 Pfund nicht weh tun werden.

PLATSCHEK: Da wissen Sie mehr als ich.

SCHULTHEISS: Aber 3000 Pfund werden Sie doch aufbringen?

PLATSCHEK: Machen Sie sich nicht lächerlich.

SCHULTHEISS: Wir müssen die Sache in Ruhe besprechen, sonst kommen wir zu keinem Resultat.

PLATSCHEK: Wer braucht Resultate? Ich vielleicht?

SCHARFRICHTER: Laß ihn mit 500 Pfund heraus, Schulti, und der Fall ist abgeschlossen.

PLATSCHEK: Wer hat fürs bloße Atmen jemals 500 Pfund gezahlt?

SCHULTHEISS *(zum Scharfrichter)*: Jetzt frage ich dich, Schlesinger, was macht man mit solchen Leuten?

SCHARFRICHTER: Hören Sie, Platschek. Ein letzter Vorschlag. 300 Pfund auf ein Jahr.

PLATSCHEK: 60 Pfund auf zwei Jahre.

SCHULTHEISS: Wieviel ist das?

SCHARFRICHTER: 2,50 im Monat.

SCHULTHEISS: Meinetwegen. Aber die erste Rate jetzt sofort in bar.

PLATSCHEK *(legt 2,50 Pfund auf den Tisch)*: Räuber! Banditen! Wirklich, man muß ein hoffnungsloser Idealist sein, um in diesem Land zu leben. *(Ab)*

Minister *(kommt durch eine kaschierte Tür)*: Wieviel?

Schultheiss: Zweieinhalb netto.

Minister: Nicht schlecht. *(Nimmt das Geld und verschwindet)*

Schultheiss *(zum Scharfrichter)*: Die Sache kommt in Schwung, Schlesinger. *(Händeschütteln)*

Das Happy-End war, wie man so schön sagt, aus dem Leben gegriffen, ein getreues Abbild der »Zuckerbrot- und Peitsche-Politik«, wie sie von den Steuerbehörden praktiziert wird. Statt die Einkommensteuer auf vernünftige 25 Prozent festzulegen und Steuerhinterzieher dann gut zehn Jahre hinter schwedischen Gardinen schmoren zu lassen, wird die Steuer auf 65 Prozent und höher getrieben, und mit den ertappten Hinterziehern findet dann ein Kuhhandel über die Höhe der Geldbuße statt. Und dann wundern sich die Herrschaften auch noch, daß der Steuerzahler sich keinen Deut um ihr hohles Geschwätz über die erhabene Steuermoral kümmert. Für den Bürger ist das Finanzamt keineswegs ein Leuchtturm der Gerechtigkeit. Viel eher das Bermuda-Dreieck ...

Das Mißtrauen beruht, wie in der Weltgeschichte üblich, auf Gegenseitigkeit. Auch die Steuerexekutive glaubt der Schwindlerbande kein Wort. Ihr ist sonnenklar, daß die cleveren Burschen sich ständig aufs neue darin übertreffen, sich ihr gesamtes Einkommen mit der Raffgier eines frustrierten Hamsters unter den Nagel zu reißen. In nur zwei Fällen wird einer Steuererklärung volles Vertrauen geschenkt: Wenn der Steuerzahler ein jämmerlicher Feigling ist oder der Beamte sein Schwager.

Es gibt allerdings auch eine dritte Möglichkeit, das System »meines Freundes«, des legendären Jossele.

Ehrlichkeit zahlt sich aus

Jossele saß, wie üblich, im Kaffeehaus. Ihm gegenüber kauerte unser alter Freund Stockler, Besitzer einer gutgehenden Parfümerie und eines weithin sichtbaren Nervenzusammenbruchs.

»Jedes Jahr dasselbe«, stöhnte er. »Im Juli werde ich zum Wrack.«

Jossele nickte verständnisvoll:

»Ich weiß. Die Einkommensteuererklärung. Schwindeln Sie, Herr Stockler?«

»Leider nicht. Ich muß gestehen, daß ich ein erbärmlicher Feigling bin. Und was mich am meisten deprimiert: Es hilft mir nichts. Meine Bücher sind nachprüfbar richtig – und jedes Jahr werden meine Aufstellungen zurückgewiesen, weil sie angeblich falsch, unvollständig und frisiert sind. Was soll ich machen?«

Jossele schüttelte ungläubig den Kopf, und seine Stimme klang vorwurfsvoll:

»Sagen Sie, Herr Stockler, sind Sie ein kleines Kind? Oder kommen Sie vom Mond? Sie nehmen Ihre Bücher, legen sie dem Steuerprüfer vor – und erwarten allen Ernstes, daß er Ihnen glaubt? Sie tun mir wirklich leid.«

Stockler schluchzte leise vor sich hin. Seine Tränen rührten nach einer Weile Josseles Herz:

»Haben Sie Bettücher zu Hause, Herr Stockler? Gut. Und jetzt hören Sie zu ...«

Nicht lange danach, an einem regnerischen Vormittag, begab sich Stockler auf sein zuständiges Finanzamt, betrat das Zimmer seines zuständigen Steuerreferenten, nahm auf dessen Aufforderung hin Platz und senkte den Kopf.

»Herr Referent«, sagte er, »ich muß Ihnen ein

Geständnis machen. Ich habe im abgelaufenen Steuerjahr keine Bücher geführt.«

»Stehlen Sie mir nicht meine Zeit mit dummen Witzen«, erwiderte der Beamte säuerlich.

»Es sind keine Witze. Es ist die Wahrheit. Ich habe keine Bücher geführt.«

»Einen Augenblick. Sie wollen doch nicht sagen, daß Sie keine Bücher geführt haben?«

»Doch. Genau das will ich sagen. Das heißt, ich habe sie geführt, aber ich habe sie nicht.«

Jetzt war es mit der Selbstbeherrschung des Beamten zu Ende:

»Was heißt das, ich habe sie – ich habe sie nicht? Wieso haben Sie sie nicht?«

»Ich habe sie verloren.«

»Verloren? Wieso? Wie? Wann? Wo?«

»Ja, wenn ich das wüßte. Eines Tages konnte ich sie nicht mehr finden. Sie waren weg. Vielleicht verbrannt, ohne daß ich es bemerkt hatte. Oder gestohlen. Jedenfalls sind sie verschwunden. Es tut mir leid, aber so ist es. Vielleicht könnte ich mein Einkommen ausnahmsweise aus dem Gedächtnis angeben, das wäre am einfachsten. Es war ohnehin ein sehr schwaches Jahr. Ich habe praktisch so gut wie nichts verdient . . .«

Der Steuerbeamte klappte ein paarmal den Mund auf und zu. Ein unartikuliertes Krächzen entrang sich seiner Kehle und ging erst nach mehreren Versuchen in verständliche Worte über:

»Entfernen Sie sich, Herr Stockler. Sie hören noch von uns.«

Die Leute von der Steuerfahndung erschienen am frühen Morgen, wiesen einen Hausdurchsuchungsbefehl vor, verteilten sich auf die einzelnen Zimmer und begannen ihr Werk. Nach ungefähr einer Stunde drang aus dem Schlafzimmer ein heiserer Jubelschrei:

»Da sind sie!«

Einer der Fahnder, ein Dünner mit randloser Brille, stand vor dem Wäscheschrank und hielt triumphierend drei umfangreiche Faszikel hoch ...

Die Verhandlung näherte sich dem Ende. Mit ungewöhnlich scharfen Worten resümierte der Anwalt der Steuerbehörde:

»Hier, hohes Gericht, liegen die versteckten Bilanzen des Parfümeurs Stockler. Herr Stockler hatte sich Hoffnungen gemacht, daß wir eine ›aus dem Gedächtnis‹ abgegebene Steuererklärung akzeptieren und keine Nachschau nach seinen Büchern halten würden. Er war im Irrtum. Hohes Gericht, die Steuerbehörde verlangt, daß das Einkommen des Beklagten auf Grund der von uns aufgefundenen Bücher bewertet wird. Aus ihnen, und nur aus ihnen geht sein wahres Einkommen hervor ...«

Auf der Anklagebank saß ein bleicher, glücklicher Stockler und murmelte ein übers andere Mal vor sich hin: »Sie glauben mir ... endlich glauben sie mir ...«

Dankbar umarmte er Jossele auf der Kaffeehausterrasse:

»Und nächstes Jahr gebe ich nur noch mein halbes Einkommen ein. Ich habe auch schon ein herrliches Versteck. Unter der Matratze ...«

Jedes Kind, das mit den Steuergesetzen vertraut ist, weiß, daß alle Steuerzahler schummeln. Daraus ergibt sich aber die logische Schlußfolgerung, daß ein Steuerzahler, der nicht schummelt, im Grunde genommen gegen das Gesetz verstößt. Es gibt bisher zwar noch keine gesetzlich verankerte Anordnung, die zur regelmäßigen Steuerhinterziehung verpflichtet, aber nicht trockene Paragraphen sind ausschlaggebend, sondern allein die wahren Intentionen des Gesetzgebers.

Es ist also nicht verwunderlich, daß von dieser von Mißtrauen funkelnden Atmosphäre selbst die Steuerzahler angesteckt werden und einander kein

Wort mehr glauben. Alles, was in dieser seltsamen Wunderwelt wahr ist, wird verdächtig, während die Unwahrheit zunehmend an Glaubwürdigkeit gewinnt.

Die Bürde des weissen Mannes

Eines Tages sprach die beste Ehefrau von allen zu mir wie folgt: »Es ist Wahljahr. Geh und kauf uns ein Grundstück.«

Obwohl ich da keinen unmittelbaren Zusammenhang entdecken konnte, suchte ich gehorsam Herrn Nissim Zwanziger auf, den bestbekannten Grundstücksmakler.

»Guten Morgen«, sagte ich. »Ich möchte bei Ihnen etwas kaufen.«

»Was?«

»Grundstücke, Häuser, Wohnungen, was immer.«

»Gerne«, sagte Herr Zwanziger. »Wieviel Geld haben Sie?«

Ich gab ihm die gewünschte Auskunft.

»Und wieviel davon ist schwarz?« fragte Herr Zwanziger.

Nicht ohne Selbstgefälligkeit bekannte ich, daß kein Pfennig meines Geldes schwarz sei.

Herr Zwanziger wurde deutlicher:

»Ich wollte wissen, wieviel Sie unter dem Tisch verdient haben.«

»Ich habe alles auf dem Tisch verdient.«

»Das meine ich nicht«, erläuterte Herr Zwanziger, immer noch höflich. »Ich meine jenen Teil Ihrer Einkünfte, für den Sie keine Bestätigungen ausgestellt haben und von dem die Regierung nichts weiß.«

»Die Regierung weiß alles. Ich habe meine Einkommensteuer voll bezahlt.«

Jetzt lachte Herr Zwanziger schallend auf:

»Großartig! Ihr berühmter Humor! Wie Sie mir da ganz ruhig ins Gesicht sagen, daß Sie alle Ihre Steuern bezahlt haben, also das macht Ihnen niemand nach. Das ist einmalig. Ich freu' mich schon drauf, es im Kaffeehaus zu erzählen.«

Und sein Lachen steigerte sich so gewaltig, daß ich Angst hatte, er würde ersticken.

»Na schön«, sagte er, als er wieder zu Atem kam. »Wir hatten unseren Spaß, wir haben gelacht, und jetzt kommen wir zum Geschäft. Wieviel von Ihrem Geld ist schwarz?«

»Es ist alles weiß.«

Meine Beharrlichkeit schien ihm ein wenig auf die Nerven zu gehen.

»Grundstücksgeschäfte sind eine Sache des Vertrauens. Ich verspreche Ihnen absolute Diskretion. Wieviel schwarzes Geld haben Sie?«

»Keinen Pfennig.«

Jetzt wurde Herr Zwanziger wütend:

»Wir sind unter uns«, brüllte er. »Niemand hört zu. Sie können völlig ungeniert sprechen.«

Ich blieb ungeniert stumm. Vielleicht bin ich ein Angsthase, aber ich habe tatsächlich sämtliche Steuern bezahlt. Was war zu tun?

»Ich bin bereit, meine Angaben in Gegenwart eines Lügendetektors zu wiederholen und zu beschwören«, flüsterte ich. »Ich habe kein schwarzes Geld.«

»Was wollen Sie dann eigentlich von mir?« fragte Herr Zwanziger.

Diese Frage begann auch mich zu beschäftigen.

»Ich dachte«, fuhr Herr Zwanziger fort, »daß Sie eine seriöse Kundschaft sind. Ich habe Millionengeschäfte mit respektablen Bürgern abgeschlossen, mit Architekten, Gynäkologen, Landwirten und Installateuren, aber keiner von ihnen ist mir jemals mit weißem Geld gekommen. Ich frage Sie zum letzten Mal, wieviel schwarzes Geld haben Sie?«

»Hm«, machte ich ausweichend. »Das spielt doch eigentlich keine Rolle.«

»Soll das ein Witz sein, oder was?« fauchte der ehrliche Makler. »Glauben Sie, daß es einen einzigen Menschen gibt, der für alle seine Einnahmen Bestätigungen ausstellt und alle seine Einnahmen versteuert? Hören Sie endlich auf, mich zu langweilen. In jedem sauberen Geschäft werden zehn Prozent des Umsatzes deklariert und der Rest geht unter dem Tisch von Hand zu Hand. Woher käme sonst unsere Inflation? Von den Monatsgehältern der Angestellten?«

Ich gab klein bei:

»Schön, dann sagen wir also den Eigentümern der Grundstücke, daß ich mit schwarzem Geld zahle.«

»Niemals! So etwas mache ich nicht!« Herr Zwanziger straffte sich. »Wenn Sie mich nicht zum Narren halten und wenn Ihr Geld wirklich weiß ist, dann erscheint der Betrag in Ihren Büchern oder in Ihrem Bankauszug und wird eine leichte Beute für die Steuerbehörde. Ich denke gar nicht daran, meine Kunden, die mir ihr Vertrauen geschenkt haben, in solche Affären zu verwickeln. Vielleicht finden Sie irgendeinen Winkelagenten, der weißes Geld nimmt. Ich nicht, Herr. Ich nicht!«

Allmählich wurde mir meine verzweifelte Lage klar. Auf der einen Seite eine florierende Volkswirtschaft – auf der anderen Seite ich, ganz allein, mit lauter weißem Geld, für das ich leichtsinnigerweise Steuern gezahlt habe und das niemand anrühren will. Es war praktisch wertlos. Ich könnte es ebensogut verbrennen.

»Läßt sich denn gar nichts mit dem Geld anfangen?« flehte ich.

Herr Zwanziger sah mich mitleidsvoll an. Im Grund seines Wesens war er ein gütiger, weichherziger Mensch. Er wollte nur nicht mit dem Gesetz in Konflikt geraten.

»Ich hatte schon einmal einen ähnlichen Fall wie Sie«, erinnerte er sich. »1968, glaube ich. Damals wollte irgendein verrückter Rechtsanwalt ein vierstöckiges Haus bar bezahlen und die volle Summe bestätigt bekommen. Ich habe ihn gefragt, wie wir unsere Bauarbeiter unter dem Tisch bezahlen sollen, wenn wir kein schwarzes Geld zur Verfügung haben. Und dann habe ich ihn hinausgeworfen.«

Ich saß mit gesenktem Kopf. Ich war um nichts besser als dieser Rechtsanwalt. Mit einem Idioten wie mir, der die ganze ökonomische Struktur ins Wanken bringt, konnte man wirklich keine Geschäfte machen. Zum Teufel mit meinem lilienweißen Geld.

Herr Zwanziger stand auf und zog mich zum offenen Fenster: »Hier übertönt der Straßenlärm unser Gespräch«, flüsterte er mir ins Ohr. »Also seien Sie unbesorgt und sagen Sie mir endlich, wieviel schwarzes Geld Sie haben.«

Ich brach in Tränen aus und schwieg.

Herr Zwanziger seufzte tief. Dann schrieb er auf ein Blatt Papier: »Ich gebe Ihnen mein Ehrenwort, daß in meinem Büro keine Abhörgeräte eingebaut sind.«

Ich schrieb zurück: »Ich glaube Ihnen, aber ich bin weiß.«

Das war das Ende. Herr Zwanziger schloß das Fenster, ließ sich in seinen Stuhl fallen und schrie:

»Hinaus!«

Ich schlich davon, ein Schatten meiner selbst, ein Ausgestoßener, ein Abschaum der Gesellschaft.

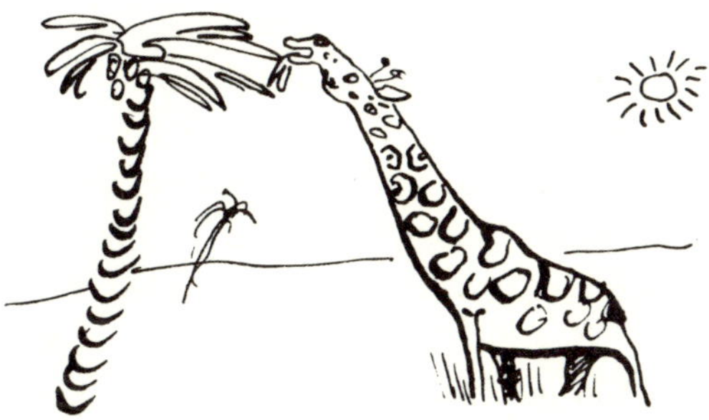

Die Entwicklungsgesetze Darwins treffen auch auf Flora und Fauna in der Einkommensteuer zu. So wie sich die Giraffe seinerzeit durch die Höhe der Bäume veranlaßt fühlte, ihren Hals um 300 Prozent zu verlängern, so zwingen die hohen Steuerraten die Menschen im heutigen Gesetzesdschungel dazu, animalische Überlebensinstinkte zu entwickeln. Die Lehre Darwins nennt diesen Urprozeß »Existenzkampf«. Ich persönlich ziehe die Bezeichnung »Befreiungskampf« vor und meine damit die clevere Steuerpolitik, die den Menschen vom Fluch des Geldes befreit.

Bargeldloser Verkehr

Es begann, wie schon manches Unglück begonnen hat, mit Zahnschmerzen. Der Zahnarzt entdeckte in einem meiner Zähne ein Loch, gab mir eine Injektion, griff zum Bohrer, bohrte – und stellte mittendrin den Bohrer wieder ab.

»Bedaure«, sagte er, während er aus seinem Kittel schlüpfte. »Eine weitere Behandlung ist für mich nicht der Mühe wert.«

Ich lag hilflos im Operationssessel, eine Klammer im Mund, unfähig zu sprechen.

»Mein Nettoeinkommen beträgt bereits 1000 Pfund monatlich«, sagte der Zahnarzt und fing an, seine Instrumente zu reinigen. »Von jedem weiteren Pfund, das ich jetzt noch verdiene, muß ich 80 Prozent Steuern zahlen. Das ist nicht der Mühe wert.«

Ich gab' ihm durch verzweifelte Gebärden zu verstehen, daß es mir trotzdem lieber wäre, wenn er die Behandlung fortsetzte.

»Es ist auch für Sie nicht der Mühe wert.« Mit diesen Worten erlöste er mich von der Klammer. »Sie müssen 3000 Pfund verdienen, um 600 zu behalten und meine Rechnung zahlen zu können. Mir bleiben dann, nach Versteuerung dieser Summe, noch 120 Pfund, mit denen ich den Fahrlehrer meiner Frau bezahlen wollte. Anders ausgedrückt: von den 3000 Pfund, die Sie verdienen, bekommt der Fahrlehrer 120, von denen ihm 24 bleiben.«

»Immerhin netto«, entgegnete ich zaghaft.

»Das stimmt. Besser gesagt, es würde stimmen, wenn der Fahrlehrer sein Stundenhonorar nicht auf 48 Pfund netto verdoppelt hätte. Das bedeutet, daß ich Ihre Zahnarztrechnung verdoppeln müßte, um den Fahrlehrer bezahlen zu können. Und jetzt frage ich Sie nochmals, ist das für Sie der Mühe wert?«

Ich antwortete mit einer Gegenfrage, die zum ständigen Wortschatz eines durchschnittlichen Bürgers gehört:

»Habe ich von Ihnen eine Empfangsbestätigung verlangt?«

»Pfiffig, pfiffig.« Der Zahnarzt wiegte anerkennend den Kopf. »Aber ich will keine Scherereien haben. Ich gebe der Steuerbehörde mein ganzes Einkommen an.«

»Dann haben Sie ein gutes Gewissen und ich ein Loch im Zahn.«

»Nicht unbedingt. Sie können die 48 Pfund direkt an den Fahrlehrer meiner Frau auszahlen. Damit wären wir beide gedeckt.«

»Und was soll ich den Leuten von der Steuer sagen, wenn sie in den Büchern des Fahrlehrers entdecken, daß ich die Stunden Ihrer Frau bezahle?«

»Sagen Sie Ihnen, daß meine Frau Ihre Geliebte ist.«

»Kann ich ein Foto von ihr sehen?«

»Ich dachte lediglich an die Steuer.«

Nach einigem Hin und Her überredete ich ihn, die Bohrarbeiten in der folgenden Woche fortzusetzen. Leider ergaben sich Schwierigkeiten mit dem Fahrlehrer. »Bis Ende August«, teilte er mir mit, »rühre ich kein Geld mehr an, sonst komme ich in eine höhere Steuerklasse. Nichts zu machen.«

»Könnte ich vielleicht Ihre Rechnung beim Lebensmittelhändler übernehmen?«

»Die zahlt schon der Möbelfabrikant, dem ich Fahrunterricht gebe. Ich bin sehr gut organisiert, müssen Sie wissen. Der Anstreicher, der bei mir Motorradfahren lernt, hat anstelle eines Honorars die Wohnung meiner Schwester ausgemalt. Meine Garagenrechnung zahlt ein Modezeichner. Können Sie singen?«

»Nicht sehr gut.«

»Schade. Sonst hätte ich bei Ihnen Gesangsstunden genommen. Sammeln Sie Briefmarken?«

»Nicht der Rede wert.«

»Hm. Warten Sie. Wenn Sie für den Fahrunterricht, den ich der Frau Ihres Zahnarztes gebe, unseren Babysitter bezahlen – wie wäre das?«

Ich hielt das für eine gute Lösung, aber die junge Dame, die bei Fahrlehrers als Babysitter engagiert war, hatte Bedenken. Sie nähme von fremden Männern kein Geld, sagte sie, und gab ihren Widerstand auch dann nicht auf, als ich ihr Empfehlungsschreiben von meinem Installateur, meinem Gärtner, dem Schönheitssalon meiner Frau und von meinem Rechtsanwalt vorlegte, die alle bezeugten, daß ich meine Rechnungen immer pünktlich, immer in bar und immer ohne Empfangsbestätigung unter dem Tisch bezahle.

»Nein, ich will mich niemandem in die Hand geben«, beharrte sie. »Tut Ihnen der Zahn sehr weh?«

»Es wird jeden Tag schlimmer.«

»Dann kaufen Sie mir Kontaktlinsen.«

»Gern. Aber was soll ich der Steuerbehörde sagen, wenn sie in den Büchern des Optikers entdeckt ...«

»Sagen Sie einfach, daß ich Ihre Geliebte bin.«

»Bedaure, die Stelle ist schon besetzt. Brauchen Sie vielleicht einen Regenmantel?«

»Noch vor ein paar Wochen hätte ich einen gebraucht. Aber jetzt hat das junge Ehepaar in unserem Haus ein Baby bekommen, auf das ich aufpassen muß ... Wissen Sie was? Sie zahlen mir ein Wochenende in Tiberias mit voller Pension.«

Der Vorschlag gefiel mir.

»Ein Wochenendzimmer für den Babysitter des Fahrlehrers wäre unter Umständen noch frei«, sagte der Hotelbesitzer. »Aber nicht telefonisch.«

Ich setzte mich in den Wagen und fuhr nach Tiberias, um die Angelegenheit ins reine zu bringen.

»Lassen Sie mich sehen.« Der Hotelbesitzer blätterte in seinen geheimen Aufzeichnungen. »Der erste Stock ist bereits ausgebucht. Da wohnt der Musiklehrer meiner Tochter, der Besitzer unserer Wäscherei und in der großen Suite unser Steuerberater. Bei uns wird nur noch in Sach- und Tauschwerten bezahlt. Geld nehmen wir nicht, weil wir sonst 80 Prozent –«

»Ich weiß, ich weiß. Aber wie soll ich dann

meine Rechnung für den Babysitter bezahlen? Haben Sie ein Kleinkind zur Verfügung?«

»Nein.«

»Kann ich bei Ihnen Teller waschen?«

»Im Augenblick nichts frei. Aber da fällt mir etwas ein: Sie können meinen Zahnarzt bezahlen.«

Und so schloß sich der Kreis. Der Zahnarzt des Hotelbesitzers nahm kein Geld an, um nicht in eine höhere Steuerklasse zu kommen.

Er verlangte statt dessen ein Flugticket nach Uruguay für seine Schwiegermutter, das ich gegen 3000 Eier erstand, mit denen die Redaktion einer führenden Wochenzeitung mein Honorar abgegolten hatte. Der Zahn wurde mir übrigens von einem Pfuscher bar gezogen. Der Mann wurde gestern verhaftet.

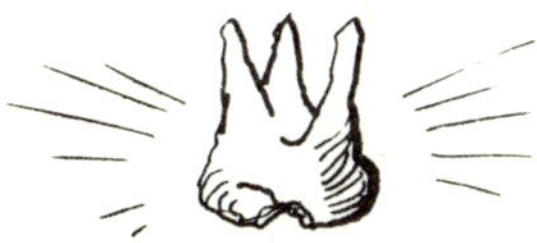

Die Einkommensteuer ist keine geniale Erfindung, keine fliegende Untertasse, ja, sie ist nicht mal eine besonders originelle Idee. Sie ist bloß der verläßliche Buchhalter eines, man könnte sogar sagen Großunternehmens, ja, man könnte sogar sagen, die Einkommensteuer ist nichts anderes als eine kleine Zweigstelle der allmächtigen Bürokratie.

Man weiß schließlich nicht zuletzt aus meinen früheren Büchern, daß unter all den Plagen, welche die moderne Gesellschaft heimgesucht haben, die Bürokratie die unnatürlichste aller Naturkatastrophen ist. Im Westen und auch im Osten werden die Bürger tagaus tagein unter einer wahren Lawine von Vorschriften, Anordnungen, Verfügungen und Mahnungen begraben. Manchmal gewinnt man den Eindruck, als hätte irgendein übergeschnappter Puppenspieler dort oben das perverse Interesse, seine Marionetten zwischen den diversen Ämtern, Behörden, Ausschüssen, Abteilungen und Zweigstellen hin- und herzujagen. Der Bürger des 20. Jahrhunderts leidet mit gutem Recht an Verfolgungswahn und wartet sehnsüchtig darauf, daß das Staatswesen von der Krankheit der Bürokratie geheilt wird.

Da kann er aber lange warten.

Der Bürger begeht nämlich einen grundlegenden Fehler, die Bürokratie ist keine Krankheit des Staatswesens – sie ist das Staatswesen selbst. Jawohl, die Bürokratie ist ein unpolitisches Regime, das heute unangefochten die gesamte Welt beherrscht, sie ist das Imperium der Bürokraten.

Es ist höchste Zeit, der Sache auf den Grund zu gehen.

Zunächst stellt sich die Frage, wie es möglich ist, daß in Ländern mit blühender Wirtschaft, wachsendem Bruttosozialprodukt und üppigen Exportüberschüssen die Steuer erschreckende Höhen erklimmt. Die Antwort ist mehr als einfach. Es ist möglich, weil jeder Werktätige auf der Welt unweigerlich dreieinhalb Beamte am Hals hat. Der erste plant seinen Gehaltszettel, ein zweiter ist für das intensive Eintreiben seiner Steuern zuständig, der dritte verwandelt ihn in einen organisierten Arbeitnehmer, und der halbe Beamte ist damit beschäftigt, neue Formulare für ihn zu erfinden ...

Das bedeutet einen olympischen Rekord in der Disziplin Dienstleistung mit dem Verhältnis 1:3½. Nur natürlich, daß dies eine akute Gefahr für jede gesunde Gesellschaft darstellt, ohne daß irgendjemand auch nur einen einzigen Gedanken daran verschwendet. Keiner hat bisher entdeckt, daß diese Beamtenexplosion letztendlich zu einer dauerhaften Kolonialherrschaft führt.

In den Geschichtsbüchern unserer Kinder wimmelt es nur so von Staatsformen, in denen eine zielbewußte Minderheit die Macht in Händen hält. Der Feudalismus zum Beispiel, er möge in Frieden ruhen, oder der Kapitalismus, es möge ihm ein langes und fruchtbares Leben beschieden sein. Aber jetzt sieht es danach aus, als ob eine zielbewußte und brutale Mehrheit eine kleine und verstörte Minderheit beherrsche.

Es ist das erste Mal in den Annalen, daß ein Rhinozeros auf einem Pony reitet.

Dem Anschein nach werden wir von einem demokratischen Parteisystem, einer Art Banksozialismus regiert. Doch der Schein trügt. Die Bürokraten sind am Ruder. In den Regierungsämtern, Stadtverwaltungen, Behörden, Stiftungen, Gewerkschaften, ja sogar in den Arbeiterparteien selbst, läßt sich dasselbe, herzerfrischende Schauspiel beobachten: ein Büro, in dem sich ein geplagter Beamter von morgens bis abends bis zum Umfallen abrackert, umgeben von sieben Büros, in welchen sieben Herren hinter sieben Sportzeitungen siebenmal einschlafen.

Vielleicht hatte der Leser schon einmal Gelegenheit, durch die unendlich langen Korridore zu wandeln und einen Blick in die leblosen Räume zu werfen. Wird er dann jemals den Gesichtsausdruck der Gestalt hinter dem Schreibtisch vergessen, diesen leicht glasigen, zur Decke stierenden Blick, ähnlich dem eines in tiefe Meditation versunkenen indischen Fakirs? Hat der geneigte Leser jemals einen abgeschlafften Beamten mit einem Zettel in der Hand den Flur entlangschleichen sehen, als bewege er sich in Zeitlupe oder nehme an einem Gehstreik teil?

Ladies and Gentlemen, diese Herren sind unterfordert, sie haben einfach nichts zu tun. Deshalb muß ihnen Beschäftigung verschafft werden. Anstatt ein Formular für einen Beamten erfindet man eben sieben Formulare für sieben Beamte, die dann natürlich unbedingt mit sieben Stempeln versehen werden müssen. Aber nicht im selben Büro etwa, Gott bewahre – jeder Stempel hat natürlich ein eigenes Büro.

Die Bürokratie ist die Kunst der Entzentralisierung.

Jeder Bürger, dem es gelungen ist, irgendeine offizielle Genehmigung irgendwo einzuholen, und der dieses Abenteuer heil überstanden hat, wird bezeugen, daß die für seine Genehmigung zuständigen zwanzig Ämter in alle vier Himmelsrichtungen verstreut sind. Stempelmarken erhält man im Westen, bezahlt werden sie im Osten, aufgeklebt am Südpol...

Mit anderen Worten, auf der administrativen Rennstrecke müssen ständig neue Stationen geschaffen werden, um die Existenzberechtigung der beamtlichen Mehrheit zu sichern. Darum muß der Bürger für jede Ausfuhrgenehmigung, jede Zuwendung und jede Freistellung in ein anderes Stadtviertel eilen, um gleich wieder nach Hause zu rennen, die Unterlagen für die dreißig verschiedenen Steuerarten holen, wie Umsatzsteuer, Mehrwertsteuer, Gesellschaftsteuer, Versicherungssteuer, Kirchensteuer, Stadtsteuer, Fahrzeugsteuer, Körperschaftssteuer, Wechselsteuer, Leuchtmittelsteuer, Vergnügungssteuer, Feuerschutzsteuer, Schankerlaubnissteuer, Jagd- und Fischereisteuer, Hundesteuer, um nur die wichtigsten zu nennen. Das erklärt auch, warum jedes Papier eine eigene Adresse hat, warum das Formular der »Vermögenserklärung« wie ein Intelligenztest aussieht und der Steuerbericht wie eine Doktorarbeit. Und das ist auch der Grund, warum Touristen gleich nach ihrer Ankunft am Flughafen an einem Hindernisrennen der Kontrollen und Befragungen teilnehmen müssen, und ausländische Investoren das Land auf einer Tragbahre verlassen. Die ständig wachsende Fülle von Schwierigkeiten rechtfertigt die nicht enden wollende Vermehrung von Beamten, Sachbearbeitern, Amtsschreibern, Gemeindeschreibern, Landschreibern, Stadtschreibern und Kanzleischreibern – ein Ballon, der sich selbst aufbläst.

Das alles erinnert uns an den guten alten Kolonialismus. Dieses Regime entzog den Eingeborenen jede Möglichkeit, eine zivilisierte Reife zu erreichen. Sie sollten unsicher, hilflos und einfältig bleiben, um nicht aufzumucken oder gar rebellisch zu werden. Und sie blieben es auch. Es kam sogar so weit, daß sie schließlich kein Wort mehr vom Gerede ihrer feudalen Herren verstanden. So also funktioniert das System: je komplizierter die Sprache der Kolonialherren, desto einfacher ist es, die Eingeborenen am Zügel zu halten.

In diesem Sinne folgt nun der getreue Wortlaut eines Erlasses, den die Masters der Bürokratie nach einer ihrer Marathon-Tarifverhandlungen an die Hochschullehrer ausgaben. Ich wiederhole, Wort für Wort:

»Rückwirkend, vom achten Monat des Steuerjahres an, entspricht die 6%ige Teuerungszulage dem Grundgehalt einer 2,52%igen Erhöhung der Gesamtvergütung. Hinzu kommt eine Angleichung des vorangegangenen 2,8%igen Preisteuerungszuschlages, abzüglich einer 5,3%igen Geldentwertungsabgabe. Die so errechnete Summe wird mit dem Sozialbeitragsfaktor der Studienbeitragsabgabe in Höhe von 2,13% multipliziert, abzüglich der 4%igen Erhöhung der Pflichtversicherung des Arbeitnehmer-Ausgleichsfonds. Daraus ergibt sich die Grundkalkulation für die staatliche Ausgleichszulage, die gemeinsam mit dem reinen Gehaltsfaktor von 0,77% bis auf Widerruf die effektive Teuerungszulage zu bestimmen hat.«

Nein, dies ist nicht eine psychotherapeutische Forschungsarbeit aus der Klapsmühle, sondern ein im Schweiße des Angesichts hochbezahlter Wirtschaftswissenschaftler erarbeiteter Erlaß einer rechtmäßigen, gewählten, demokratischen Regierung. Er wurde von den bürokratischen Kolonialherren verfaßt, die ihre Macht durch die systematische Verdummung der Bürger festschreiben, während die Bürger verzweifelt versuchen, sich schlecht und recht einen Pfad durch diesen Dschungel unverständlicher Verordnungen zu schlagen.

Die Bürokratie ist nichts anderes, als eine Rechtfertigung überflüssiger Beamter, und jeder Versuch, diese Machtherrschaft zu stürzen, käme einem Volksaufstand gleich. Weniger Beamte wären weniger Formulare, weniger Formulare weniger Stempel, weniger Stempel weniger Büros, weniger Büros weniger Beamte. Und wie uns die Geschichte lehrt, war keine herrschende Klasse je bereit, auf ihre Machtposition kampflos zu verzichten ...

Die Aussicht auf eine positive Wende ist also gleich Null.

Im Gegenteil, wie jede Mafia ihre Familie zu vergrößern sucht, so strebt auch die heilige Bürokratie danach, unermüdlich ihren Einflußbereich zu vergrößern. Hinter der wohlklingenden Wahlpropaganda von »künftiger Berücksichtigung der produktiven Arbeiter«, also einer Angleichung ihrer Gehälter an diejenigen der Fakire hinter dem Schreibtisch, steckt nichts anderes als der jährliche Rekordzustrom frischgebackenen Beamtennachwuchses.

Die Einkommensteuer wird in den nächsten tausend Jahren nicht abgeschafft werden. Bestenfalls werden die Steuersätze jeweils vor den Wahlen sinken, um gleich nach den Wahlen im Namen eines »kumulativen Wirtschaftswachstums« oder ähnlicher Ausreden zu ihrem natürlichen Urzustand zurückzukehren.

Bürokratie und Steuererhöhung sind untrennbar miteinander verknüpft. Nach dem bekannten Huhn-Ei-Prinzip lautet die Frage: Was war zuerst da, die Ausweitung des Machtapparates oder die Erhöhung der Steuern?

Es lohnt sich, der Sache nachzugehen.

Der explodierende Beamtenapparat muß finanziert werden. Woher das Geld nehmen? Vielleicht aus erhöhten Lohn- und Einkommensteuersätzen?

Eine gute Idee.

Die produktive Minderheit versucht natürlich mit allen Mitteln, sich jeder zusätzlichen finanziellen Belastung zu entziehen. Das können sich die Beamten jedoch nicht bieten lassen und vergrößern ihren Machtapparat, um die Volksschädlinge zu erwischen. Das kostet aber Geld. Also werden die Lohn- und Einkommensteuersätze erhöht.

Das Heer der Steuerpflichtigen krümmt und windet sich. Und zwar so lange, bis es tief im unergründlichen Sumpf der Schwarzwirtschaft versinkt. Diese illegale Untergrundbewegung muß natürlich sofort unter Kontrolle gebracht werden. Die Jagd nach den Schwarzgeldbesitzern kostet aber Geld. Also werden die Lohn- und Einkommensteuersätze erhöht...

Wann und wo dieser seltsame Teufelskreis endlich zum Stillstand kommen wird? »The sky is the limit«, sagen anglosächsische Wirtschaftsexperten. Die dahinter verborgene Logik ist lediglich eine Frage des mathematischen Spürsinns:

»Wenn 10000 Steuerbeamte pro Jahr 100 Milliarden einheben, müßten 20000 Steuerbeamte 200 Milliarden einheben können. 200000 Beamte kassieren demnach mit Gottes Hilfe...«

Und so baut die heilige Bürokratie eine Gummizelle um sich herum, deren Wände mit abertausenden Formularen in unverständlichen Hieroglyphen tapeziert sind.

In dieser riesigen Gummizelle zappelt die gesamte aufgeklärte Menschheit mit schlechtem Gewissen und ätzendem Sodbrennen, während ihr Hirn um eine einzige Frage kreist: Wie in aller Welt entgeht man diesem Würgegriff, und wo findet sich eine steuerfahndungssichere Oase?

Die Erhaltung der Gummizellen aber kostet inzwischen viel Geld. Also werden die Lohn- und Einkommensteuersätze ...

In der psychologischen Kriegsführung spielt das Formular eine entscheidende Rolle: es reibt die Widerstandskraft des Steuerzahlers auf, und zwar durch sachkundige Vermehrung der Fragen mittels Teil-, Sub- und Zwischenfragen. Für einen effektiven Kampfeinsatz des Formulars ist es also unbedingt erforderlich, eine Unzahl von »Hilfsgesetzen«, »Ergänzungsweisungen« und »kleinen Paragraphen« einzubauen. Und zwar in der Zuversicht, daß keine Menschenseele aufschlüsseln kann, was zum Teufel »Gemäß Paragraph 431 (15) der städtischen Verordnungsklausel 23/3/bM aus dem Jahre 1947 V.S.O.P.« bedeutet.

Ich persönlich hab sie ja eigentlich recht gerne, diese verschlüsselten Formulare, denn ich bin verrückt nach Kreuzworträtseln. Diese Fragebogen stellen eine Herausforderung an meinen Intellekt dar, und hie und da knacke ich sie sogar.

Nehmen wir als Beispiel meine letzte Steuererklärung. Gleich zu Anfang stieß ich auf die merkwürdige Frage: »Welchen Gegenwert haben die Nahrungsmittel, die Ihnen im Laufe des Jahres kostenlos zur Verfügung gestellt wurden?« Umgehend überprüfte ich meine Bücher und stellte fest, daß ich nicht weniger als ganze zehn kostenlose Mittagessen verzehrt hatte (acht bei meiner Schwester, zwei bei den Fleischhackers). Ich legte ihren Wert auf 967 Pfund fest. Danach stellte ich mich Paragraph D 40/2: »Der Wert der Wohnung, in welcher Sie kostenlos lebten? (Bitte näher ausführen).« Nach eingehenden Untersuchungen stellte sich heraus, daß ich in den Sommerferien drei Tage als Gast in Josseles Wohnung logiert hatte. Ich führte näher aus, daß es sich hierbei um eine durchaus geschmackvoll eingerichtete Etagenwohnung handelte, deren Einbauschränke in den Sommermonaten allerdings von recht unsympathischen Insekten bevölkert waren.

Danach verbrachte ich einen vollen Arbeitstag damit, herauszufinden, ob ich laut Paragraph RV 32.4 ff. »Dividenden aus Mietquellen« erhalten habe, welche Dividenden das waren, ob die Quellen auch wirklich gemietet waren, und was überhaupt »Dividenden« sind. Da ich allein nicht weiterkam, wandte ich mich an meine Nachbarn, und kehrte mit folgenden Ergebnissen nach Hause zurück: Laut Felix sind Dividenden »Kommissionsgebühren«, während seine Frau Erna felsenfest behauptete, Dividenden seien ein ostfriesischer Salat.

Einen besonders harten Kampf trug ich mit dem Unterparagraphen 16/b aus, der von mir verlangte, »die Belege über Ihre Beiträge zu Kultur und Wissenschaft« beizufügen. Die meinen doch wirklich, daß ich für jede kleine Pointe, die in diesem Buch vorkommt, eine Quittung erhalte. Einfach kindisch.

Um die Botschaft der letzten Seiten zu vervollständigen, sowie den unauslöschlichen Einfluß der Bürokratie auf mein Familienleben zu illustrieren, notierte ich die Ereignisse eines gewöhnlichen Alltags im soliden, häuslichen Rahmen, ohne Überraschungen, Aufregung oder Streß.

Ein ganz normaler Wochentag

Wenn du die Kinder zur Universität bringst«, eröffnete die beste Ehefrau von allen unsere Betriebssitzung am Frühstückstisch, »dann hol mir auch sechs Flaschen Milch. Der Milchmann ist auf Weltreise.«

»Ich kann überhaupt nichts holen«, entgegnete ich. »Heute vormittag muß ich die Rechnung bezahlen.«

»Welche Rechnung?«

»Keine Ahnung.«

Seit zwei Monaten lag irgendein blauer Zettel auf dem Küchenschrank herum, vermutlich von der Stadtverwaltung, denn er enthielt die Worte »Zahlungsrückstand« und »Müllabfuhr«. Vor einigen Wochen versuchte ich ihn zu lesen, aber als ich zu der Stelle kam, wo die Ziffern vierstellig wurden, regte ich mich so auf, daß ich den blauen Zettel sofort in der Tiefkühltruhe deponierte. Dort landete er neben einem orangefarbenen Schriftstück, auf dem als Überschrift zu lesen war: »Straßenbelag-Zuschlag«.

»Was kann ›Straßenbelag‹ heißen?« fragte ich die beste Ehefrau von allen. »Seit wann werden Straßen belegt?«

»Woher soll ich das wissen?«

»War das nicht die Geschichte, für die wir im vorigen Winter diese städtischen Wechsel unterzeichnen mußten?«

»Nein, damals ging's um die Kanalisationssteuer.«

»Also was kann das hier sein?«

»Keine Ahnung.«

Sie kam mir irgendwie rastlos vor, die beste Ehefrau von allen. Tags zuvor hatte sie das Keuchhusten-Attest unserer Tochter Renana mit der Gebrauchsanweisung für die neue italienische Nudelmaschine verwechselt und konnte daher keine neuen 20-Ampère-Sicherungen besorgen, was zur Folge hatte, daß wir den ganzen Tag nichts Warmen zu essen hatten, und seither hustet auch die Nudelmaschine.

»Straßenbelag«, grübelte ich vor mich hin, »das

muß irgend etwas mit Straßen zu tun haben. Vielleicht hat man eine Straße gebaut, ohne daß wir es gemerkt haben.«

»Unsinn«, entgegnete meine Allerbeste, »mein Instinkt sagt mir, daß es etwas mit der Wasserrechnung zu tun hat. Sie fangen schon wieder damit an.«

Wasser ist eines unserer Existenzprobleme. Für die Monate April und Mai bekamen wir eine Wasserrechnung in Höhe von 111 630 Pfund. Ich teilte den Leuten in einem geharnischten Brief mit, daß sie uns wohl mit dem Städtischen Freibad verwechselt hätten und ich nicht bereit wäre, für einen amoklaufenden Computer die Kastanien aus dem Wasser zu holen. Ich erhielt auch postwendend eine grellgelbe Antwort: »Letzte Mahnung, ehe das Wasser gesperrt wird.«

Anschließend wurde ich für 26 Tage zum Reservedienst eingezogen. Das mag der Grund dafür sein, daß wir die Sache ein wenig verschlampt haben. Als ich wieder daheim war, fand ich einen weiteren Zettel in der Küche, der uns bei strengster Strafe verbot, einen Wasserhahn aufzudrehen. Dieser Zettel war übrigens rosa.

Selbstverständlich legte ich Berufung ein. Das Ergebnis war ein grasgrüner Zettel: »Achtung! Der Inspektor ist bereits unterwegs!« Damit sollte uns klar werden, daß der Inspektor bereits sein Büro verlassen hatte, um uns das Wasser abzudrehen. Er kam niemals an. Seither läßt man uns in Ruhe. Nur einmal hörten wir wieder von den Leuten, als sie uns sechzehn Pfund und zwei Piaster zurückerstatteten. In Hellbraun.

Jetzt meldeten sie sich wieder, und zwar auf dem Umweg über den Straßenbelag.

»Bring das in Ordnung«, sagte die beste Ehefrau von allen. »Sprich mit diesem mageren Kassierer, dessen Namen du dir nie merken kannst. Und wenn du schon dabei bist, kümmere dich auch um die Sozialversicherung.«

Ich erbleichte.

»Tu mir das nicht an! Alles, nur nicht die Sozialversicherung. Ich weiß nicht einmal, was das ist.«

»Ich auch nicht.«

Schon seit Wochen waren wir bemüht, das Problem zu lösen. Die Sozialversicherung hatte uns fünf Formulare ins Haus geschickt, weil wir leichtsinnig genug gewesen waren, eine Putzfrau anzustellen. Es ging um 7,12 Prozent Altersversorgung, 0,7 Prozent Arbeitsunfallversicherung sowie 1,831 Prozent für Kinder und andere Unselbständige. Mindestens zweimal versuchten wir dieses Formular auszufüllen. Beim zweiten Anlauf hatten wir gerade die erste Hälfte geschafft, da ging die Putzfrau in die Flitterwochen, und wir sagten uns, daß wir auch nach ihrer Rückkehr weitermachen könnten. Wir hofften, daß sie nie wiederkäme.

»Ich glaube«, sagte die beste Ehefrau von allen, »man kann auch ohne Putzfrau auskommen. Es ist weniger anstrengend und man muß keine Arbeitgebersteuer zahlen.«

Vorgestern hätten wir gepfändet werden sollen. Es erschien ein verschreckter Greis mit einem schwarzen Aktenkoffer, der ständig mit den Augen zwinkerte. Meine Frau versprach ihm stehenden Fußes hinzugehen, um die Sache in Ordnung zu bringen. Dann aber ging sie doch nicht hin. Vor allem deshalb, weil der Zwinkerer vergessen hatte, ihr zu sagen, woher er überhaupt kam.

Der Discplayer im Wohnzimmer begann wieder einmal zu streiken. Er spielte zwar noch, aber nur ganz langsam. Also brachte ich ihn zum Radiofachmann, der gerade eine Regatta segelte. Seine Frau sagte mir: »Er kommt Ende der Woche zurück, wenn er nicht wieder ertrinkt.« Danach suchte ich die Quittung für die Mehrwertsteuer.

In der Zwischenzeit bekam ich natürlich wegen falschen Parkens ein Strafmandat, gegen das ich keinen Protest einlegen konnte, weil ich es zusammen mit meinem Personalausweis verlor. Es war ein gewöhnlicher Alltag, wie gesagt.

Bei meiner Rückkehr fragte ich die beste Ehefrau von allen: »Wo sind die Zeitungen?«

»Ich habe dir doch gesagt, daß der Zeitungsjunge in Hungerstreik ist und erst am Ende der Woche wieder kommen kann. Du mußt dir deine Zeitungen schon selber holen.«

Ich holte mir lieber ein Glas Wasser. Die Leitung war noch nicht abgesperrt, wenigstens das nicht. Einige bunte Mahnungen flatterten vom Küchenschrank. Wir sollten etwas gegen den Luftzug unternehmen, vielleicht den Balkon mit Glas verschalen. Aber wo, wenn überhaupt, bekommt man dafür eine Baugenehmigung?

Keine Ahnung.

Auch die Rundfunkgebühr sollten wir bezahlen und die Hausratversicherung, ganz zu schweigen von der Grundsteuer, sowie die Importbewilligungsgebühr für die Nudelmaschine, die wir dem Fiskus oder sonstwem schuldeten. Es erschien sinnvoll, mir am Nachmittag ein Paar strapazierfähige Schuhe anzuschaffen.

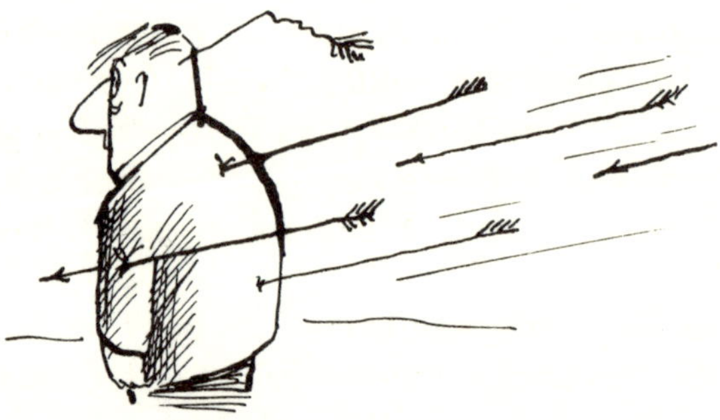

»Hast du etwas Geld?« fragte die beste Ehefrau von allen. »Ich muß die Fernsehantenne bezahlen.«

Vorgestern hatte sie der Wind vom Dach geweht.

»Ich habe nicht einen Groschen«, teilte ich ihr mit. »Du wirst zur Bank gehen müssen. Wenn du schon in der Stadt bist, bring ein paar Patronen für den Syphon mit.«

»Geh lieber du. Ich muß Krach schlagen wegen des Geschirrspülers.«

Irgendwo im Haus haben wir sicher die Garantiekarte. Da gibt es gar keinen Zweifel. Nur wo sie ist, wissen wir nicht. Wir bestellten einen Mechaniker, während wir die Rechnung suchten, aber er läßt sich gerade scheiden und kann erst im Juni nach der Hochzeit kommen.

Auch die Hypothek auf unser Haus wäre fällig. Wir fragten bei der Bank, wann wir das Geld für die Zwangsanleihe aus dem Jahr 1966 zurückbekämen, aber sie hatten keine Ahnung. Möglicherweise, sagten sie, zu Ostern oder übernächstes Jahr oder vielleicht am 2. Februar 1995 abzüglich der Gewerbesteuer.

Da wären noch die Bücher, die wir in die Bibliothek zurückbringen sollten. Wir kamen nicht einmal dazu, einen Blick hineinzuwerfen. Irgendwie hat man viel zu wenig Zeit zum Lesen. Sie haben uns schon die dritte Mahnung geschickt, diesmal in Rot.

Um die Mittagszeit bringe ich das Pipi unseres Hundes ins Labor, auf dem Rückweg lasse ich den Wagen für eine gründliche Motorwäsche in der Werkstatt und kaufe Batterien für den Transistor sowie eine Melone. Und einen gebrauchten Rasenmäher.

Noch was für heute?

»Ephraim«, sagte die beste Ehefrau von allen, »sollten wir nicht die Steuererklärung endlich ausfüllen?«

»Gern, aber wie?«

Ich hatte keine Ahnung.

»Eigentlich wollte ich unsere Pässe erneuern lassen«, informierte ich meine Gattin, »dann hatte ich vor, bei der Heeresverwaltung um eine Freistellung anzusuchen. Auch gegen Cholera muß ich mich noch impfen lassen. Leider schließt das Gesundheitsamt um elf und ist nur an ungeraden Tagen geöffnet. An geraden Tagen haben sie Malaria.«

»Das hat Zeit«, meinte die Beste. »Auf dem Rückweg mach einen Sprung in die Wäscherei. Du trägst seit zwei Wochen das gleiche Hemd.«

»Ich weiß«, sagte ich. »Aber wer bringt die Katze zum Tierarzt?«

»Welche Katze?«

Sie hat recht. Wir haben gar keine Katze. Ich war ein bißchen durcheinander. Ich eilte zum Telefon und wollte die Feuerwehr anrufen, aber schon nach der ersten Zahl war die Nummer blockiert. Also setzte ich mich auf den Fußboden und aß den rosa Zettel. Den mit dem Straßenbelag.

»Was sitzt du da herum?« fragte die beste Ehefrau von allen. »Wir haben wieder einen neuen Finanzminister. Mach die Nachrichten an.«

»Unmöglich. Das Radio ist zusammengebrochen«, sagte ich. »Ich auch.«

»Wovon?«

»Keine Ahnung.«

Seither sitze ich am Küchenboden und kaue farbige Zettel. Die blauen sind noch immer die geschmackvollsten. Besonders wenn sie frisch sind.

So verlebten wir also einen stinknormalen Tag ganz ohne jede Aufregung, so daß sich in mir plötzlich der unwiderstehliche Wunsch breitmachte, unbedingt irgend etwas Neues zu tun, etwas ganz Ausgefallenes, um nicht an der Öde des grauen Alltags zu verzweifeln.

Da kam mir das blinde Schicksal in Gestalt des Schneiders Kalanit zu Hilfe. Unserem Gipfeltreffen entstammt mein revolutionäres Schreiben, das dann an die allerzuständigste der zuständigen Regierungsstellen erging.

Sehr geehrter Herr Finanzminister

»Ich bitte untertänigst um Vergebung, wenn ich Sie in Ihrer höchst verantwortungsvollen Beschäftigung unterbreche. Es liegt mir jedoch als brennendes Anliegen auf der Seele, Ihnen mitzuteilen, daß wir Bürger in diesem Steuerjahr es für unsere edle Pflicht halten, Ihnen voll und ganz zur Seite zu stehen. Wer Ihnen hilft, der hilft schließlich auch sich selbst und seiner kleinen Familie.

Die Idee dazu kam mir in den frühen Abendstunden, als mich Herr Kalanit auf der Straße anhielt. Ohne zu grüßen rief mir der Schneidermeister zu:

›Soll sie doch alle der Schlag treffen!‹

Kein Zweifel, Herr Kalanit hatte soeben seinen Steuerbescheid erhalten. Er zeigte ihn mir:

Steuerbescheid

Gemäß Verordnung in Sache 904516278/84 erlauben wir uns, Ihnen mitzuteilen, daß der ausstehende Restbetrag des laufenden Abrechnungsjahres sich wie folgt zusammensetzt:

Geschätzte Differenz in Höhe von 1,1% aus Vergleichsfond	1000 Pfund
Zinsen der Pfandbriefanleihen aus Rückstandsfrist	2500 Pfund
10% Rabatt auf Zinsguthaben	1500 Pfund
Summe der Ausstände bei sofortiger Zahlung	2000 Pfund

›Na ja‹, sagte ich zu Herrn Kalanit. ›Dann müssen Sie eben zahlen.‹

›Aber das ist alles ein Irrtum‹, schimpfte der Schneider. ›Ich zahle doch schon wie ein Lord alle meine Steuern. Keinen Pfennig schulde ich denen ...‹

›Dann wird sich doch sicherlich morgen im Finanzamt die Sache aufklären lassen.‹

›Fällt mir nicht im Schlaf ein! Soll ich etwa wegen lumpiger 2000 Pfund einen ganzen Arbeitstag verplempern, in düsteren Korridoren herumhokken, unauffindbaren Akten nachlaufen und schon wieder diese blöden Visagen angucken? O nein, mein Herr, ich bleibe schön zu Hause und schicke denen ihr beschissenes Geld per Post. Mich hetzen die nicht noch mal durch die Gegend!‹

›Was wollen Sie dann von mir?‹

›Ich dachte schon, ich krieg' eine Gallenkolik. Aber jetzt, wo ich mir alles von der Seele geredet habe, geht es mir viel besser ...‹

Und Herr Kalanit ging friedlich von dannen,

sehr geehrter Herr Finanzminister, während ich in Gedanken versunken nach Hause zurückkehrte. Ich setzte mich auf den Balkon und bei untergehender Sonne sinnierte ich vor mich hin. Da fiel mir wie ein Blitz die Lösung ein, wie der Staatshaushalt in den kommenden Generationen vor der Schande eines Defizits bewahrt werden könnte.

Die Idee ist so einfach, wie die Pfändung eines Fernsehapparates.

Ich dachte die Geschichte einfach zu Ende und sagte zu mir: Das könnte man eigentlich zum System machen. Im Fall unseres Schneidermeisters brachte der Fehler eines Steuerbeamten dem Finanzamt die stattliche Summe von 2000 Pfund ein. Dabei handelte es sich jedoch nur um eine einmalige Aktion, die rein zufällig und ohne die nötige Planung zustande kam. Warum sollte dann nicht gleich eine passende Bundesstelle gegründet werden, an die alle Steuerpflichtigen regelmäßig eine festgelegte Summe entrichten können – einfach um sich den Weg dorthin zu ersparen.

Was ist also zu tun? Man beschlagnahmt einfach ein häßliches Haus mitten im Stadtzentrum ohne Parkgelegenheit mit muffigem Treppenhaus und künstlich verdunkelten Zimmern. Dahinein setzt man fünfzehn frustrierte Beamte mit hohem Blutdruck und niedrigem Gehalt. In den Eingang hängt man ein Schild mit der Aufschrift, sagen wir mal, ›Bundesläuterungsamt‹. Natürlich muß auch für Gedränge gesorgt werden, für morsche Schränke, die massiven Modergeruch verbreiten, für wohlorganisiertes Durcheinander und zu guter letzt dafür, daß derjenige, der sich heute in die Schlange stellt, erst morgen drankommt.

Danach ist an alle Bürger folgender Bescheid zu richten:

Irrtumsberichtigungsmitteilung

Gemäß Verordnung in Sache L. F. S. 739015689/91a erlauben wir uns, Ihnen mitzuteilen, daß eine eingehende Prüfung Ihrer Steuererklärung des laufenden Abrechnungsjahres die nichtgetilgte Schuld von 3040 Pfund irrtümlicherweise zu unseren Gunsten ergeben hat. Sollte es Ihr Wunsch sein, diesen bedauerlichen Fehler zu bereinigen, so sind Sie freundlich aufgefordert, innerhalb der nächsten drei Tage nach Erhalt dieses Bescheids um 7.30 Uhr in unserer Amtsstelle Ihre Einwände vorzubringen.

Folgende Unterlagen sind vorzulegen:

– Einkommensteuerbelege aus den Jahren 1968 bis zum Stichtag

– Leumundszeugnisse aus den Jahren 1949/ 1955/1961/1972

– Von städtischer Baubehörde unterzeichneter Bauplan Ihrer Wohnung und des Nachbarn Küche, in 3 Exemplaren ausgefertigt.

Sollten Sie den legitimen Wunsch haben, Ihre Schulden protestlos zu begleichen, können Sie sich das persönliche Erscheinen ersparen. In diesem Fall schicken Sie die Kohle plus Mehrwertsteuer und 17,80 Pfund Bearbeitungsgebühr per Post und die Sache ist erledigt.

Der Beamte des Bundesläuterungsamtes
(Unleserliche Unterschrift)

So, das wär's, Herr Finanzminister.

Jeder Bürger wird sich jetzt die Gewissensfrage stellen: Lohnt es sich hinzugehen? Es lohnt nicht. Im Gegenteil. Nach vorsichtiger Schätzung werden sich neun von zehn Bürgern ausdrücklich freuen, nicht im Morgengrauen aufstehen und zum Läuterungsamt gehen zu müssen. Stimmung und Moral der Bevölkerung werden sich schlagartig bessern, und auch die fünfzehn kreislaufgeschädigten Beamten werden aufatmen, daß niemand kommt, um ihnen auf den Wecker zu gehen.

Auch Sie, sehr geehrter Herr Finanzminister, werden sich gewiß über die unerwarteten Milliarden freuen, die Sie so mühelos einkassieren konnten. Und Ihre Freude ist unsere Freude.«

Stets Ihr ergebener
(unleserlicher E. K.)

Wir wollen aber nicht unfair sein. Schließlich beabsichtigten die Gründerväter der Einkommensteuer nicht etwa, die Bürger zu schikanieren. Ihnen ging es lediglich um die Sicherstellung der laufenden Beamteneinkommen.

Sie hofften darüber hinaus, dank ihrer bürgerfreundlichen Innovation den alten Menschheitstraum von der absoluten sozialen Gleichheit verwirklichen zu können. Ihre Grundidee war es, die klassenlose Gesellschaft nicht mit Hilfe von Gulags zu schaffen, sondern durch eine fiskale Wunderwaffe, eine Multiphasenrakete, genannt »progressive Besteuerung«. Von dieser Himmelfahrtssteuer erwarteten sich die Wirtschaftsexperten eine gerechtere Verteilung des Bruttosozialproduktes, oder zumindest die Wahrung des Status quo, wonach niemand mehr verdienen darf, als sein Steuerbeamter...

Die Absichten waren also durchaus lobenswert, und dennoch ging schon der Start dieser Multiphasenrakete in die Hose.

Es lag nicht etwa an der gerechten Verteilung der Einkommen, daß die Sache danebenging. Es lag am Kassieren. Weltweit war nämlich beim besten Willen kein einziger begabter und fleißiger Mensch zu finden, der bereit gewesen wäre, zwölf Monate lang wie ein Zugpferd zu schuften, um am Jahresende festzustellen, daß er bis zum 15. April für seine Familie und während des Rests des Jahres für das Steueramt gearbeitet hatte.

Trotz allem gelang es, eine ganz eigentümliche gesellschaftliche Gleichheit durch Steuersätze zu schaffen. Wenn ich mich zitieren darf, strebt seit vielen Jahren jeder Steuerzahler ohne Ausnahme, Mann und Frau, Jung und Alt, Arbeiter und Beamter, Schnorrer und Drogenhändler das gleiche Ziel an: das Finanzamt auf jedem nur erdenklichen Wege zu bescheißen.

Die klassenlose Gesellschaft westlichen Stils wurde so geboren. Und was die Progressivität der Steuern betrifft, wenn man bedenkt, daß die Mittellosen dem Finanzamt nur wenige Pfennige abluchsen können, während die Reichen es um Millionen betrügen, kann man guten Gewissens behaupten, daß auch dieses Ziel erreicht wurde.

Wer die Metamorphose der Einkommensteuer mitverfolgt hat, dem wird nicht entgangen sein, wie im Laufe der Jahre der soziale Kampf gegen die Armut von einem erbitterten Krieg gegen den Reichtum abgelöst wurde. Die Erfahrung zeigt jedoch eindeutig, daß in einer sozial orientierten Gesellschaft, die den ärgerlichen Reichen nicht duldet, seltsamerweise nur Leute arm wie die Kirchenmäuse leben . . .

Und da hilft es auch nichts, wenn der Kampf gegen die ärgerlichen Reichen durch ständig neue Umbenennungen der Einkommensteuer geführt wird, um auf diese Weise die Lebensdauer der Steuer bis an die Grabesschwelle des Steuerzahlers zu verlängern.

Betrachten wir das doch mal aus der Nähe.

Wie allgemein bekannt, schuf der Allmächtige am ersten Tag das Einkommen und am Tag darauf sogleich die Steuer. Dies jedoch ist nur die erste Strophe des Steuerkanons. Denn gleich danach wird von dem, was vom Einkommen noch übriggeblieben ist, die Vermögensteuer erhoben. Sollte dann noch ein Rest vorhanden sein und in irgendein Geschäft investiert werden, tritt das eingespielte Quartett von Gesellschaft-, Körperschaft-, Werbe- und Gewinnsteuer auf die Bühne des Fiskus. Bleibt, o Wunder, immer noch was übrig und wird leichtsinnigerweise in Immobilien angelegt, kommt automatisch die Grund- und Grunderwerbsteuer zum Zuge. Und segnet dann der Steuerzahler endlich das Zeitliche, werden die restlichen Krümel von der Erbschaftsteuer sorgfältig zusammengekehrt.

Vom Verfolgungswahn des Bürgers bleibt letztlich nur die Verfolgung. Der Wahn ist nämlich überhaupt kein Wahn, solange der Fiskus den Steuerzahler und seine Familie schön stufenweise von allen Geldsorgen befreit.

Vielleicht kennt der geschätzte Leser den englischen Song »Killing me softly ...«

Der Mensch befindet sich in einer paradoxen Lage: solange er lebt, muß er sich damit abfinden, daß vor allem Arbeit und Fleiß mit astronomischen Steuersätzen geahndet werden. Deshalb sollte er im Laufe seines Lebens mehr Eigentum haben als Einkünfte. Bei seinem frühzeitigen Ableben verhält sich die fiskalische Realität genau umgekehrt: seiner Witwe und den Zwillingen sollte er kein Eigentum hinterlassen, sondern nur Einkünfte. Die Jungs von der Erbschaftsteuer sind nämlich mit dem Tod auf Du, während die abergläubische Einkommensteuer ihn fürchtet wie die Pest und den Verstorbenen verhältnismäßig in Ruhe läßt. Wer mir nicht glaubt, soll die Sache ruhig mal testen ...

Ich persönlich kann mich bis heute nicht entscheiden, welche der beiden Steuern den stolzen Titel »Die ärgerlichste von allen« verdient – die Einkommensteuer oder die Erbschaftsteuer. Wahrscheinlich wird mich diese Frage noch auf meinem Sterbelager beschäftigen.

Spiel mir das Lied vom Tod

Als ich fühlte, daß es mit meinen Kräften allmählich zu Ende ging, rief ich meine Erben zusammen, um ihnen Lebewohl zu sagen. Sie standen im Halbkreis um mich herum, die Repräsentanten des Volkes, und lauschten ungeduldig meinen letzten Worten. Es gab ein ziemliches Gedränge. Der Verantwortliche für die Staatseinnahmen zum Beispiel kam mit einem Schubkarren, und Dr. Ernst Vollstrecker brachte Möbelpacker mit. Der Chef der vereinigten Sammelaktionen versuchte mir ständig die Decke wegzuziehen. Ich hab' sie ihm aber nicht gegeben.

»Das Ende naht, der große Sensenmann steht vor der Türe«, flüsterte ich meinen Erben mit schwacher Stimme zu. »Es bleibt mir nicht mehr viel Zeit... ich wollte Ihnen allen danken... für das Glück, das Sie mir zeit meines Lebens beschert haben...«

»Nicht der Rede wert«, der Zahlmeister der Stadtverwaltung wehrte geschmeichelt ab. »Wir haben nur unsere Pflicht getan.«

»Nein, nein«, fuhr ich fort, »es ist mir eine ganz besondere Freude zu wissen, daß meine mageren weltlichen Güter nicht länger von meiner Familie verpraßt werden, sondern zu ihrem Ursprung zurückgeführt werden, in den Schoß der Regierung.«

Der Steuerbeamte tätschelte meine Hand und meine Armbanduhr. Neben der Tür stand die beste

Witwe von allen mit den Kindern. Sie winkten mir zu. Man ließ sie jedoch nicht zu mir, da sie keine Vertreter der öffentlichen Hand waren. Zwei Magistratsbeamte paßten auf, daß sie im Hause nichts anrührten. Ich bat um Ruhe:

»Meine Immobilien möchte ich den Gewerkschaften hinterlassen, damit das industrielle Proletariat auch Grundstücke sein eigen nennen kann«, verkündete ich mit leiser Stimme. »Mein Auto soll unter den Ministern verlost werden. Meine Bilder vermache ich selbstverständlich dem Staatspräsidenten.«

»Pardon«, unterbrach mich der Regierungssprecher höflich, »darf auch mit etwas Bargeld gerechnet werden?«

»Aber selbstverständlich«, antwortete ich, »meine Bankkonten gehen an den Reisefonds der Abgeordneten. Meine Wertpapiere hingegen«, fügte ich hinzu, »die möchte ich gerne den Zollbehörden hinterlassen.«

»Danke«, der Chef der Einfuhrzölle senkte den Kopf, »und vielleicht auch ein paar Möbel?«

Aus dem Kleiderschrank vernahm man gedämpfte Schreie. Der Vertreter der Elektrizitätswerke kämpfte in der Dunkelheit des Schrankes mit dem Gesandten der Wasserversorgung erbittert um meine Hosen. Der Polizeipräsident griff persönlich ein und beschlagnahmte meine gesamte Garderobe als Beweismaterial. Ich bat darum, mir meine Schwester vom Hals zu schaffen, die sich permanent zwischen den Erben durchzudrängeln versuchte. Ich legte meine Hand segnend auf das Haupt des Finanzministers, der erwartungsvoll neben meinem Bett kniete:

»Ihnen, Herr Minister«, murmelte ich, »Ihnen hinterlasse ich meine Rente, jedoch nur unter der Bedingung, daß Sie damit die Textilindustrie des Landes sanieren. Mein Haus mit dem wunderschönen Garten, den ich zeit meines Lebens mit Hingabe hegte und pflegte, soll zu einem Erholungsheim werden, einer Art ›Datscha‹ für die Mitarbeiter der Vollstreckungsabteilung der Einkommensteuer.«

Spontaner Applaus brach aus. Tiefer Frieden erfüllte mein Herz, wie ich ihn bisher noch nicht gekannt hatte. »Ja«, sagte ich mir, »o ja, dafür hat es sich wahrlich gelohnt, ein Leben lang jeden Pfennig auf die Seite zu legen, lange Nächte durchzuarbeiten, sich jahrelang den Urlaub zu versagen, ja, für diesen herrlichen, erhabenen Moment, da ich die Früchte meiner Arbeit nun endlich meiner Regierung und ihren öffentlichen Institutionen übergeben kann.«

Ich verpaßte dem Chef der Sammelaktionen einen Klaps auf die Hand, als er mir schon wieder die Decke wegziehen wollte.

»Meine Teppiche vermache ich zu gleichen Teilen dem Außenministerium und dem statistischen Amt«, verfügte ich, »um vorzubeugen, daß sie sich nach meinem Tod in die Haare geraten. Meine Bibliothek hinterlasse ich dem Fußballverband. Das wär's dann also. Was ich vergessen habe aufzuzählen, geht selbstverständlich an das Parteisekretariat...«

Dr. Vollstrecker hielt einen Moment im Einpakken des Fernsehgeräts inne und drückte mir gerührt die Hand. Die Vertreter der Verkehrsbetriebe konnten ihre Tränen nicht länger zurückhalten. Ich richtete mich auf meinem Lager auf:

»Ehrlich gesagt«, verkündete ich, »jetzt, da alles an die zurückgeht, von denen der ganze Reichtum ja eigentlich herkam, fühle ich mich wesentlich besser. Vielleicht werde ich sogar genesen, und bitte dafür höflichst um Verständnis...«

Die Anwesenden zeigten sich betroffen. Der Vertreter der Krankenkasse blickte nervös auf die Uhr. Meine Frau und die Kinder kamen wieder zu sich und winkten mir aufmunternd zu. Sie widerten mich an, wie sie gierig auf ein leichtes Erbe spekulierten. Nichts werdet ihr von mir kriegen, dachte ich bei mir, gar nichts, geht doch arbeiten, so wie die Behörden. Die Existenz der Frau ist mit ihrer großzügigen Witwenrente von monatlich 94 Pfund 83 Groschen ohnehin gesichert.

Ich stand auf und zog mich an:

»Ist ein Rechtsanwalt anwesend?«

Der Generalstaatsanwalt bahnte sich einen Weg durch die Menge. »Ich habe es mir anders überlegt«, teilte ich ihm mit. »Ich habe beschlossen, mein Eigentum noch zu Lebzeiten der Steuerbehörde zu vermachen. Es ist mein dringlichster Wunsch zu verhindern, daß meine selbstsüchtigen Angehörigen mit allen möglichen Tricks dem Fiskus sein rechtmäßiges Erbe abluchsen.«

Das ist übrigens keine so schlechte Idee. Sicher ist sicher. Man sollte ruhig schon zu Lebzeiten den geliebten Staat am Nachlaß teilhaben lassen.

Wenn ich es mir gut überlege, ist diese Regelung eigentlich längst eingeführt.

Hier war von einem Kampf auf Leben und Tod die Rede. Einer muß gehen, wir oder die Einkommensteuer. Der Wunschtraum ist natürlich, daß die Steuer geht, der Alptraum ist, ... na ja ...

Intensive Steuereintreibung

Es war entsetzlich.

Wir hielten gerade unser vom Arzt verordnetes Mittagsschläfchen, als eine Nachbarin mit großem Zeter und Mordio zu uns hereinstürmte.

»O weh«, schluchzte die arme Frau. »Mein Mann wurde vergiftet! Unverschämt!«

Es dauerte eine ganze Weile, bis wir aus ihr herausbekamen, was geschehen war. Ein Steuerbeamter war zum Kassieren gekommen und der Hausherr hatte die Bezahlung seiner Steuerschulden in Höhe von 150 Pfund verweigert. Da zog der Beamte eine Tüte Weinbrandpralinen aus der Aktenmappe und bot unserem Nachbarn selig eine an ...

Der Fall löste in unserer Umgebung verständliche Aufregung aus. Diese verwerfliche Methode, Geld einzutreiben, wurde allgemein verurteilt. »Wegen des Rückstands von einigen Pfund bringt man doch nicht gleich einen Menschen um«, ereiferten sich die Leute. Aber schon zwei Tage später wurde ein anderer Nachbar Opfer seines Steuerrückstands. Ein Delegierter des Steueramts hatte ihm ein Karamelbonbon angeboten. Die Nachbarn konnten noch beobachten, wie der arme Mann auf der Schwelle seines Hauses zusammensackte und wollten sich auf den Mörder stürzen.

»Er hat seine Steuern nicht bezahlt«, rief der Beamte auf der Flucht. »Was wollt ihr von mir? Ich tue doch nur meine Pflicht...«

Juristisch war der Mann ja völlig abgesichert. Erst vor kurzem hatte nämlich das Amtsblatt eine offizielle Warnung gebracht: »Bürger! Erspart euch Unannehmlichkeiten! Zahlt eure Steuern! Jeder Steuerschuldner wird vom Finanzamt unverzüglich kaltgestellt!« Die beiden Todesopfer hatten uns immerhin beigebracht, keine Süßigkeiten von fremden Steuerbeamten anzunehmen. Und wirklich, es wurde nur noch ein einziger Mordfall bekannt. An der Bushaltestelle bot ein Agent in Zivil einem Mitbürger von seinem Bärendreck an. Der Verstorbene hinterließ Steuerschulden in Höhe von 203 Pfund...

Aber dann, an jenem schicksalhaften Dienstag, tauchte plötzlich an unserer Wohnungstüre ein Hausierer auf, der energiespendenden Traubenzucker zum Kauf anbot. Ich fragte, ob die Wirkung sofort einträte. »Und ob«, antwortete der Hausierer, ich sollte doch ruhig mal kosten. Die Tabletten hatten einen faden Beigeschmack und so kaufte ich sie nicht. Als der Hausierer gegangen war, wurde mir plötzlich schwindlig. Mit einem tierischen Aufschrei stürzte ich zum Schreibtisch und suchte mit zitternden Fingern nach den Unterlagen ... da, mein Gott ... die Steuerzahlungen von 89/90 standen noch aus ...

Die beste Ehefrau von allen hörte meinen Schrei und weckte mich.

»Ich hab' geträumt, das Finanzamt würde all jene vergiften, die vergessen, Steuern zu zahlen«, stammelte ich schweißgebadet. »Alles schien so echt ...«

»Hör doch auf«, beruhigte mich die Beste. »Woher sollte die Regierung Geld für solche Dinge nehmen? Du hast ja keine Ahnung, was Gift heutzutage kostet.«

Keine Angst, bisher ist kaum einer wegen Steuerhinterziehung vergiftet worden. Allerhöchstens wird man drei, vier Jahre hinter Gitter gesteckt, aber nicht einmal das ist sicher. Immerhin gibt es auch Steuerbeamte, deren hohe soziale Moral uns allen Vorbild sein könnte.

Unternehmen Dr. Vollstrecker

Sie erinnern sich doch an Dr. Vollstrecker aus der Abteilung zur Zügelung des Bereicherungsdranges. Also, genau dieser Mann von Format war bei mir zu Gast. Wir plauderten über dies und das, als er plötzlich die Katze aus dem Sack ließ:

»Es geht um den Lebensstandard«, sagte Dr. Vollstrecker und sah mich prüfend an. »Im Auftrag der breiten Öffentlichkeit frage ich Sie auf Ehre und Gewissen, mein Herr, ob Ihr Lebensstandard Ihrer gesellschaftlichen Stellung entspricht?«

»Nun«, antwortete ich, »wie man es eben so nimmt.«

»Betrachten Sie Ihren Lebensstandard doch einmal im Blickwinkel des nationalen Gewissens«, fuhr Dr. Vollstrecker fort. »Wozu brauchen Sie unbedingt einen Rosengarten mit ferngesteuerter Sprenganlage? Halten Sie es für angebracht, den Neid der Steuerzahler damit zu schüren, daß Sie Ihr Wohnzimmer mit handgeknüpften Orientteppichen ausstaffieren? Können Sie nicht auch ganz gut ohne Ihren neuen Sechs-Zylinder-Personenwagen leben? Meinen Sie wirklich, daß Ihnen all dies in unserem kleinen Staat zusteht?«

»Nein«, schluchzte ich auf. »Nein, gar nichts steht mir zu ...«

Drei Stunden lang führten wir unser angeregtes Gespräch fort. Dr. Vollstrecker lieferte mir bereitwillig alle nötigen Informationen, die zur Senkung meines Lebensstandards erforderlich waren. Gleich am nächsten Morgen ging ich zum Notar, um zu Gunsten der Nation auf mein Haus zu verzichten, und bezog eine baufällige Baracke am Rande der Stadt. Meine Möbel stellte ich gerne der Einwanderungsbehörde zur Verfügung, und dem Finanzminister teilte ich mit, es sei mein innigster Wunsch, in den geraden Jahren doppelte Einkommensteuer bezahlen zu dürfen. Danach zog ich den Stecker meines Kühlschranks aus der Steckdose, nahm Abschied von meinem Hausarzt und trat in die öffentliche Krankenkasse ein. Meine Klimaanlage zerlegte ich und verschenkte ihre Bestandteile an die Bedürftigen.

Seither lebe ich bescheiden, aber mein Gewissen ist rein. Gestern besuchte ich Dr. Vollstrecker, um mich für seinen unbezahlbaren Rat und Hilfe zu bedanken. Er empfing mich freundlich, führte mich in mein Wohnzimmer, und wir plauderten gemütlich über die allgemeine Weltlage. Dr. Vollstrecker wohnt jetzt nämlich in meinem Haus. Er hat es vom Notar bekommen. Auch die handgeknüpften Orientteppiche lagen an ihrem Platz. Stolz führte mich Dr. Vollstrecker durch seinen Rosengarten mit der ferngesteuerten Sprenganlage und betonte, mein vorbildliches Verhalten habe die Regierung zutiefst beeindruckt – wie schön es doch wäre, wenn es mehr Patrioten meines Schlages gäbe. Danach brachte mich Dr. Vollstreckers Chauffeur in seinem neuen Sechs-Zylinder-Personenwagen zu meiner Baracke zurück. Dort packte ich den Rest meines Lebensstandards und spülte ihn im Klo herunter.

Es ist ganz klar, daß Dr. Vollstrecker trotz seiner Schlüsselposition nicht mal im Traum materielle Vorteile oder Sonderrechte für sich beanspruchen würde. Dr. Vollstrecker ist ein Mann von Persönlichkeit, Integrität und Selbstdisziplin. Außerdem weiß er, daß er sowieso alles bekäme, ohne es zu beanspruchen.

Hierzu hätte ich noch eine Bemerkung, aber zuvor möchte ich noch einmal kurz ins Reich der Fabeln zurückkehren. Später erkläre ich warum.

Suchen ist nicht finden

Es war einmal ein König, der eines Tages seinen Leibwächter zu sich rufen ließ und ihm folgenden Befehl erteilte:

»Heute mittag wird Uns Seine Eminenz, der Kardinal, einen Besuch abstatten. Wir hegen den Verdacht, daß er in Unserem Palast wieder Hasch absetzen möchte. Du, Unser getreuer Diener, du sollst ihn einer gründlichen Leibesvisitation unterziehen und den Schnee finden. Der Kardinal wird vor Wut platzen und sich vor aller Augen zum Narren machen.«

»Euer Wunsch ist mir Befehl, Majestät«, verneigte sich der Leibwächter. »Seine Eminenz, der Kardinal, wird sich aber vermutlich bei Eurer Hoheit über meine impertinente Zudringlichkeit beschweren.«

»Soll er doch.«

Nachdem Seine Eminenz, der Kardinal, eingetroffen war, nahm sich der getreue Leibwächter seiner an und führte an ihm eine beispiellose Kontrolle durch. Er fand weder Hasch noch sonst was, weil Seine Heiligkeit schon vermutet hatte, daß man ihn diesmal filzen würde. Wutentbrannt stürzte der Kardinal ins Gemach des Königs und beschwerte sich über die impertinente Zudringlichkeit des Leibwächters.

Der König war außer sich.

»Unverzeihliche Schande ist Unserem Königreich widerfahren«, schrie er. »Wir befehlen, den respektlosen Leibwächter zum Nachtwächter zu degradieren und anschließend zu füsilieren.«

Kurz danach überbrachte man dem König die Nachricht, sein Befehl sei ausgeführt, die Feuersalve der königlichen Hinrichtungsgarde hätte den verwirrten Nachtwächter vorschriftsgemäß niedergestreckt.

»Es ist mir eine Genugtuung«, stellte Seine Eminenz befriedigt fest. »Obwohl mir der Nachtwächter in seiner letzten Beichte unter Eidesschwur das Geständnis ablegte, Eure Majestät hätte ihm den Befehl gegeben, mich zu durchsuchen.«

»Aber keineswegs, Hochwürden«, erwiderte der König. »Wir hatten ihm nur befohlen, etwas zu *finden.*«

Und so waren die guten Beziehungen wiederhergestellt. Des Nachtwächters Meinung wurde in der Schrift nicht festgehalten.

Diese Parabel über das Risiko einer erfolglosen Leibesvisitation kam mir in den Sinn, als ich kürzlich der freien Presse entnahm, es habe sich in letzter Zeit eine völlig abartige Sitte, beispiellos in der Geschichte der internationalen Bürokratie, bei unseren Zollbeamten eingebürgert.

Was tun denn die geistig umnachteten Zöllner? Sie schrecken nicht einmal davor zurück, auch das Gepäck amtierender Politiker und hochrangiger Beamten bei deren Einreise zu durchsuchen. Nicht selten kommt es vor, daß sogar ausgesprochen hohe Tiere einer peinlichen Leibeskontrolle unterzogen werden.

Vor kurzem wurde am Flughafen unter anderen der stellvertretende Kommissar für Mehrwertsteuer bei seiner Rückkehr von einem Nahkampfkurs aus Paris durchsucht. Der Mann regte sich schrecklich darüber auf, daß seine Koffer, seinen eigenen Worten nach, »zu gründlich« untersucht wurden.

Als ich über diesen Skandal in der Abendzeitung las, konnte ich einen heiseren Aufschrei nicht unterdrücken: »Ist denn das die Möglichkeit? So weit ist es also mit uns gekommen.«

Natürlich bin auch ich dafür, daß jeder Fluggast in gleicher Weise, ohne Rücksicht auf Nationalität, Religion und Parteizugehörigkeit, kontrolliert wird. Aber wo, bitteschön, wo steht geschrieben, daß diese Untersuchung auch noch »gründlich« sein muß?

Die Zollbeamten trifft natürlich keinerlei Schuld. Die Verantwortung für diesen beschämenden Akt liegt ganz eindeutig bei den Zollbehörden, die es versäumt haben, den Grad der Gründlichkeit bei jeder Kontrolle eindeutig festzulegen. Darum sollten spätestens jetzt folgende Nachträge in die Zollvorschriften aufgenommen werden.

A) Staatsbeamte niedrigen Dienstgrades

Eine schnelle und nicht allzu gründliche Durchsuchung des Gepäcks ist gestattet. Auf keinen Fall darf jedoch die Hand in Taschen oder gar in den Unterwäschebereich geschoben werden. Bei Beamten ab Gehaltsstufe 8 ist die Durchsuchung mit deutlicher Flüchtigkeit und mit dunkler Brille erlaubt.

B) Staatsbeamte mittleren Dienstgrades

Es darf vorsichtig und nur mit den Fingerspitzen 8 Zentimeter tief in den Koffer vorgetastet werden, während der Blick des Zollbeamten abwesend in die Ferne zu schweifen hat. Bei Abteilungsleitern ist die Untersuchung nur bis zu 4,5 Zentimeter tief und nur in Handschuhen gestattet.

C) Staatsbeamte hohen Dienstgrades

Die Koffer von Staatssekretären dürfen mit geschlossenen Augen für drei Sekunden geöffnet werden. Das Anfassen von Gegenständen ist untersagt. Auf das geschlossene Gepäck eines Ministers darf aus drei Metern Entfernung im verdunkelten Raum ein flüchtiger Blick geworfen werden. Danach drei bis vier Entschuldigungen. Auf Wunsch die Handlung wiederholen.

$

Nicht weniger erregt hat mich der offizielle Erlaß, der vor nicht allzu langer Zeit der Beamtenschaft die »Annahme von Geschenken und Vergünstigungen aller Art« strengstens untersagte.

Ich persönlich finde, diese grausame Verordnung beraubt die Menschheit einer ihrer edelsten Eigenschaften, der Dankbarkeit.

Worum geht es da?

Ein einfacher Bürger erkennt, daß der zuständige Beamte seinen Antrag auf diskrete Streichung seiner Steuerschulden mit großem Eifer und unendlicher Sorgfalt bearbeitet, und in seinem

Innersten regt sich sogleich tiefste Dankbarkeit. Eines Tages tauchen dann in der Wohnung des zuständigen Beamten muskulöse Möbelpacker auf, die einen neuen Konzertflügel anschleppen. Zwischen den Tasten des Instruments steckt eine rosa Visitenkarte: »Ein bescheidenes Geschenk für Kläuschen zum Namenstag.« Kläuschen ist der halbjährige Sohn des Staatsbeamten, und das glückliche Elternpaar überkommt das erhebende Gefühl, es gäbe doch noch gute Menschen auf dieser Welt. Denn es sind ja gerade die kleinen Geschenke, wie eine Stereoanlage, ein Sportwagen, eine Hazienda oder ein Segelboot, – ja gerade diese Kleinigkeiten sind es, die einem schwer arbeitenden Menschen echte Freude bereiten. Nicht etwa der materielle Wert, sondern die Aufmerksamkeit zählt.

Aber Gesetz ist Gesetz. Von nun an also keine Geschenke mehr für Beamte. Macht nichts. Wir werden sie bestechen. Denn Bestechung wurde im Erlaß mit keiner Silbe erwähnt.

Sparpolitik

Personen: Ziegler
Ein Amtsdirektor
Sekretärin

Ort der Handlung: Eine Regierungskanzlei

Ziegler: Entschuldigen Sie, Herr Direktor. Störe ich?

DIREKTOR: Kommen Sie nur herein, Ziegler. Ich habe genau fünf Minuten für Sie. Setzen Sie sich. Was gibt's?

ZIEGLER: Es tut mir leid, Ihre kostbare Zeit in Anspruch nehmen zu müssen.

DIREKTOR: Schon gut, Ziegler. Schießen Sie los.

ZIEGLER: Ich möchte eine Gehaltsaufbesserung haben.

DIREKTOR: Sie möchten eine – was?

ZIEGLER: Ja, Herr Direktor.

DIREKTOR: Es ist Ihnen doch bekannt, daß die öffentlichen Angestellten bei uns nach einem ganz bestimmten Gehaltsschema bezahlt werden.

ZIEGLER: Ich weiß. Aber in Anbetracht der angehobenen Steuern …

DIREKTOR: Sprechen Sie nicht weiter. Ihr Gehalt ist eine Angelegenheit direkter Verhandlungen zwischen den Behörden und den Vertretern der Gewerkschaft für öffentliche Erpressung und Streikdrohung. Stellen Sie sich vor, was geschehen würde, wenn alle zweihundertsechzig Angestellten unserer Abteilung zu mir kämen, um Gehaltserhöhungen zu verlangen. Es überrascht mich ein wenig, daß Sie, ein alter, loyaler Beamter ...

ZIEGLER: Ich verstehe, Herr Direktor. Das heißt also, daß sich nichts machen läßt. Nicht einmal eine Aufbesserung um 50 Pfund netto ...

DIREKTOR: Kommt nicht in Frage.

ZIEGLER: Brutto?

DIREKTOR: Auch nicht.

ZIEGLER: Dann muß ich also Bestechungen annehmen.

DIREKTOR: Es sieht so aus.

ZIEGLER: Und ich hatte gehofft, wenigstens dieses Jahr ... Nicht, daß es gar so schwer wäre. Man findet immer wieder Leute, die bereit sind, einen Beamten zu bestechen. Um die Wahrheit zu sagen: Man findet kaum noch Leute, die *nicht* dazu bereit sind. Im vergangenen Jahr habe ich auf diese Weise ungefähr 60000 Pfund eingenommen.

DIREKTOR: Übertreiben Sie nicht, Ziegler.

ZIEGLER: Es war ein sehr gutes Jahr. Die Reorganisation unseres Eisenbahnnetzes hat die Dinge in Schwung gebracht. Ich hab's mir spaßeshalber in diesem Büchlein notiert. Hier, lesen Sie selbst, Herr Direktor ...

DIREKTOR: »Oktober. Ankauf gebrauchter Lokomotiven: 15600 Pfund.« Ja, ich erinnere mich. Ich habe mich damals gefragt, wozu unser Ministerium zwei alte Lokomotiven braucht. Eine hätte genügt. Zeigen Sie her. »November. Griff in die Kasse: 1700 Pfund.« Na, das ist ja nicht so viel.

ZIEGLER: Der November ist immer ein schwacher Monat. Es war mehr aus Gewissenhaftigkeit vor Bilanzschluß. Aber im Dezember kam eine wirklich seriöse Bestechung.

DIREKTOR: »Dezember. 33000 Pfund bar von Herrn R.« Wer ist R.? Robitschek?

ZIEGLER: Ja.

DIREKTOR: Ziegler, Ziegler. Mich geht's ja nichts an. Aber sind 33000 Pfund in einem Monat nicht etwas zuviel?

ZIEGLER: Sie können sich nicht vorstellen, Herr Direktor, wie beharrlich dieser Robitschek war. Er hat mir das Geld buchstäblich aufgedrängt. Dafür war der Januar wieder sehr schwach. 8000 Pfund, alles zusammen.

DIREKTOR: Einfuhrbewilligungen?

ZIEGLER: Ausfuhrgenehmigungen.

DIREKTOR: Hm. Wie ich aus Ihrem Büchlein ersehe, hat's im Februar wieder einen Aufschwung gegeben.

ZIEGLER: Der Frühling, Herr Direktor, der Frühling. Aber jetzt muß ich Ihnen endlich ein Geständnis machen. Ich ... ich lasse mich nicht gern bestechen. Es paßt mir nicht ...

DIREKTOR: Warum nicht?

ZIEGLER: Weiß der Teufel. Vielleicht bin ich pervers. Wenn ich von meinem Gehalt leben könnte, glauben Sie mir, Herr Direktor, ich würde keine einzige Bestechung mehr annehmen.

DIREKTOR: Sie berühren da ein Problem von allgemeiner Gültigkeit.

ZIEGLER: Ich weiß.

DIREKTOR: Es ist ein Problem unseres gesamten öffentlichen Lebens.

ZIEGLER: Ich weiß. Aber ich für meine Person habe ein schlechtes Gefühl dabei. Schließlich und endlich ... wenn man's recht bedenkt ... ist es nichts anderes als Diebstahl ...

DIREKTOR: Von einem rein technischen Standpunkt – gewissermaßen als Verfahrensfrage –, läßt es sich nicht leugnen.

ZIEGLER: Deshalb sage ich ja, daß ich mit einem halbwegs anständigen Gehalt –

DIREKTOR: Ausgeschlossen.

ZIEGLER: Vierzig netto.

DIREKTOR: Lieber Freund, wir sind hier nicht in einem Basar, sondern in einer Regierungskanzlei. Hier wird nicht gehandelt. Verstanden? Ich versichere Ihnen, daß die Regierung sich dieses schmerzlichen Problems durchaus bewußt ist. Aber Sie Ihrerseits, Ziegler, müssen sich darüber klar sein, daß Sie etwas Unmögliches verlangen. Wenn wir Ihr Gehalt erhöhen, verlangen am nächsten Tag Ihre zweihundertsechzig Kollegen ...

ZIEGLER: Sie werden nichts davon erfahren. Ehrenwort.

DIREKTOR: Das will ich nicht gehört haben. Zu solchen Machenschaften gebe ich mich nicht her... Also Robitschek hat Ihnen 33 000 Pfund gezahlt?

ZIEGLER: In drei Raten: Die letzte davon erst heute. Hier, in dieser Rocktasche, befinden sich 11 000 Pfund in Banknoten.

DIREKTOR: Sehr unvorsichtig von Ihnen, so viel Bargeld bei sich zu tragen.

ZIEGLER: Ich nehme keine Schecks.

DIREKTOR: Haben Sie das Geld schon nachgezählt?

ZIEGLER: Dazu hatte ich noch keine Zeit.

DIREKTOR: Versteh' ich nicht. Ein so gewissenhafter Beamter wie Sie?

ZIEGLER: Ich bin nervös. Ich mache mir Gedanken. Wenn im Dezember alle unsere Angestellten mit 11 000 Pfund pro Kopf bestochen worden wären, so hätte das weit mehr ausgemacht als eine allgemeine Gehaltserhöhung.

DIREKTOR: Was reden Sie da? Sind Sie verrückt geworden? Erstens kommen für Bestechungen die Staatsbürger auf und nicht der Staat. Und zweitens, entschuldigen Sie, haben nicht alle Angestellten die Chance, sich bestechen zu lassen.

ZIEGLER: Dreißig Pfund monatlich, und ich hör' auf damit.

DIREKTOR: Sie sind ein Querkopf, Ziegler. Das muß ich schon sagen. Einen Augenblick. Ich rufe meine Sekretärin. *(Klingel)*

SEKRETÄRIN: Sie wünschen, Herr Direktor?

DIREKTOR: Bringen Sie mir das Dossier für diverse Nebeneinkünfte.

SEKRETÄRIN: Von wann?

DIREKTOR: Die letzten zwei Jahre.

SEKRETÄRIN: Hier, bitte.

DIREKTOR: Wie hoch war die Bestechungstotale am Ende des letzten Jahres?

SEKRETÄRIN: Inklusive Veruntreuungen in bar?

DIREKTOR: Ja.

SEKRETÄRIN: Im letzten Quartal ... Also im Oktober erreichten die Entnahmen in unserer Abteilung eine Gesamthöhe von 22 800 Pfund.

DIREKTOR: Das geht noch an. November?

SEKRETÄRIN: 38 000 Pfund, aber ich habe meine 2000 Pfund vor der Inspektion zurückerstattet.

DIREKTOR: Ja, ja, ich erinnere mich. Weiter.

SEKRETÄRIN: Dezember: 3000 Pfund.

DIREKTOR: Natürlich Robitschek. Und wie sieht die Gesamtbilanz aus?

SEKRETÄRIN: In der Sparte »Indirekte Bestechungen« haben wir eine Abschlußziffer von 240 000 Pfund, aber davon sind 20 000 ein Übertrag vom Vorjahr.

DIREKTOR: Macht keinen Unterschied. Sagen wir, rund eine Viertelmillion. Nehmen Sie Papier und Bleistift, Ziegler, und kalkulieren Sie. Wenn ich Ihr Gehalt um 40 Pfund monatlich erhöhe, muß ich morgen 260 Angestellten die gleiche Erhöhung bewilligen. 40 Pfund netto sind bei unserer Steuergebarung 80 Pfund brutto! Mit Krankenversicherung, Pensionsfonds und so weiter kommen wir ziemlich genau auf 100. Multiplizieren Sie das mit 260. Das ergibt 26 000 Pfund pro Monat.

SEKRETÄRIN: Oder mehr als 300 000 Pfund im Jahr.

DIREKTOR: Und jetzt sagen Sie mir, Ziegler, wo soll unser kleines Land soviel Geld für Gehaltserhöhungen hernehmen? Wir sind arm, wir haben keine Bodenschätze, wir kämpfen hart um unsere wirtschaftliche Unabhängigkeit. 300 000 Pfund im Jahr. Woher, Ziegler? Woher?

ZIEGLER: Ich weiß es nicht.

DIREKTOR: Da haben Sie's. Auf der andern Seite kosten uns, wie Sie soeben gehört haben, alle Veruntreuungen zusammen nicht mehr als eine Viertelmillion, also um 50 000 Pfund weniger.

Wollen Sie die Staatskasse um diese 50000 Pfund berauben?

ZIEGLER: Gott behüte.

DIREKTOR: Dann tun Sie mir den Gefallen und hören Sie endlich auf, von mir eine Gehaltserhöhung zu verlangen.

ZIEGLER: Jawohl, Herr Direktor. Sie haben recht.

DIREKTOR: Ich freue mich, daß Sie vernünftig geworden sind, Ziegler. Vielleicht in ein paar Jahren, wenn die Staatsfinanzen sich konsolidiert haben... vielleicht können wir dann über eine Gehaltserhöhung sprechen...

ZIEGLER: In ein paar Jahren bin ich Millionär.

DIREKTOR: Dann kann ich Ihnen leider nicht helfen, Ziegler. Auf Wiedersehen.

ZIEGLER: Auf Wiedersehen, Herr Direktor.

Eine Kontroverse, bei der beide Seiten im Recht sind, läßt sich nur schwer beilegen. Bestechung als solche ist aus rein juristischer Sicht fragwürdig, manche werten sie sogar als illegalen Akt, aber in der verzerrten Relation niedriger Löhne und hoher Steuern kann man ohne sie kaum auskommen.

Jede Institution verfügt jedoch über eine Einrichtung, die verpflichtet ist, Korruption und andere Mißstände anzuprangern. Der Verantwortliche dafür wird »Staatskontrolleur« oder auch »Ombudsmann« genannt. Die Bewegungsfreiheit dieses Kontrolleurs hat allerdings ihre Grenzen, und zwar aus folgenden Gründen:

Der Fingernagelblues

Zu Beginn der achtziger Jahre wurde ich mit der peinlichen Tatsache konfrontiert, daß ich wie ein neurotisches Kind fortwährend an meinen Nägeln kaute. Ich kaute unentwegt, Tag und Nacht, drinnen und draußen. In einem renommierten Maniküresalon klärte man mich auf, es handle sich um eine genetische Vererbung und es gäbe für mich ein einziges Gegenmittel: Jemanden, der mich immer wieder auf meine schlechte Angewohnheit aufmerksam mache.

Ich kam zu dem Schluß, daß der richtige für diesen Job der Ombudsmann sei. Ich suchte die Koryphäe in ihrem Amt auf und wir vereinbarten, daß er mich im Auge behalten würde. Während wir uns freundlich unterhielten sagte er: »Verzeihen Sie, mein Herr, Sie kauen an Ihren Nägeln.«

»Vielen Dank«, antwortete ich und zog meinen Finger aus dem Mund. Der Ombudsmann wies mich darauf hin, ich hätte zwar einen Finger aus dem Mund genommen, aber sofort einen anderen Nagel angeknabbert. Er hatte recht, verdammt noch mal. Ich dankte ihm herzlich für seine vorbildliche Wachsamkeit.

»Gut zu wissen«, sagte ich, »daß es einen Menschen gibt, der uns auf Schritt und Tritt begleitet und nicht zögert, seine Stimme zu erheben, wenn wir uns lasterhaften Gewohnheiten hingeben.«

»Entschuldigen Sie, aber Sie kauen schon wieder an Ihren Nägeln.«

»Ist ja gut«, beschwichtigte ich ihn, »wir sollten es aber auch nicht übertreiben. Manchmal ist es ganz gesund, die Nägel ein wenig zu stutzen.«

»Übrigens, Sie beißen schon wieder.«

»Nerven Sie mich nicht, ja?«, erhob ich mich vom Stuhl. »Ich bin schließlich kein Kind mehr.«

»Aber Sie haben doch selbst darum gebeten. Übrigens ...«

»Natürlich habe ich Sie gebeten. Aber warum beiße ich Nägel? Weil Sie mir mit Ihren idiotischen Bemerkungen auf den Wecker gehen!«

Der Ombudsmann stellte gelassen fest, daß ich schon wieder am Knabbern sei, und schien etwas zu notieren. Da flippte ich aus.

»Ich kaue, solange es mir paßt«, brüllte ich ihn an. »Und wem das nicht gefällt, der soll sich zum Teufel scheren! Es stört Sie wohl, wenn mir etwas Spaß macht!«

Und ich ließ die spießige Nervensäge mit ihren beschissenen Berichten einfach stehen. Wozu braucht man überhaupt einen Ombudsmann?

Ein kleiner Wutanfall könnte auch bei der Frage nicht schaden: Was zum Teufel machen die Regierungen mit den Ummengen von Geld, das sie den Steuerzahlern aus der Tasche ziehen? Bauen sie vielleicht drei olympische Stadien auf einmal? Graben sie etwa einen Tunnel unter dem Atlantik? Wofür brauchen sie so viel Geld, verdammt noch mal? Für die deutsche Einigung? Das sehe ich ja noch ein. Freiheit kostet Geld. Aber warum sind dann die Steuern auch in Frankreich und in Italien so irrsinnig hoch?

Die Antwort liegt ganz woanders. Bei Motzkin.

Der Fluch des Budgets

An jenem Abend, als mir endlich das Licht aufging, saß ich in meinem Stammcafé in Gesellschaft von Künstlern, Schriftstellern und einer dünnen Schicht von Intellektuellen. Plötzlich trat ein leicht gebücktes Individuum ein und nahm an einem der leeren Tischchen Platz. Bewegung kam in die Runde, und wie von einem Magneten angezogen, strömten alle auf den leicht Gebückten zu.

»Wer ist das?« fragte ich den Kellner.

»Das ist Motzkin«, antwortete der Kellner und fügte flüsternd hinzu, »er verwaltet ein Budget.«

Das bedeutete, daß Herr Motzkin sich in irgendeiner Abteilung der Regierung eingenistet hatte und über ein Jahresbudget von drei Millionen verfügte, das er dann für irgendwelche Dinge verwenden darf, muß oder soll. Ich wurde mit der Menge zu Motzkins Tisch abgetrieben. Er schlürfte seinen Kaffee mit nachdenklicher Miene.

»Ich bin für jede Idee offen«, murmelte er zwischen zwei Schlucken, »vorausgesetzt, sie dient der Allgemeinheit.«

»Hör mal, Motzkin«, ließ sich ein Pressefotograf vernehmen. »Wie wär's denn mit einem Werbespot? Für Sie kosten dreieinhalb Minuten nur 150 000. Sagen wir mal ›Ein Tag der Verzweiflung im Leichenschauhaus‹«.

»Hab' ich schon zweimal gemacht«, winkte Motzkin ab. »Ich brauche leider unbedingt etwas Neues.«

»Wie wär's dann mit ›24 Stunden Horror im Kindergarten‹. Für 200000 sind Sie dabei, Motzkin.«

»Halt«, warf da einer der anwesenden Poeten ein. »Wenn schon, dann sollte man lieber ein Konversationslexikon für Pensionisten herausbringen. Für 160000 drucke ich Ihnen 20000 Exemplare im Handumdrehen. Die Hälfte geht an die Altersheime, den Rest werden wir auf dem Flohmarkt los.«

»Zu spät«, stöhnte Motzkin, leicht gebückt. »Wenn ich bis Monatsende keinen ausführlichen Bericht über die Verwendung meines Etats vorlege, dann krieg' ich im nächsten Jahr keinen Pfennig mehr.«

»Da hilft nur eine zeitgenössische Ausstellung zum Thema ›Jetzt & Nichts‹«, schlug der junge Kunstkritiker vor. »Für eine halbe Million besorge ich Ihnen den Parlamentssaal und fülle ihn mit einem reichen Sortiment von Konservendosen.«

»Wie wär's denn mit einem Wohltätigkeitskonzert auf offener See?«, warf der Apotheker ein. »Unter Ihrer oder Kissingers Schirmherrschaft. Vielleicht schnappen wir uns sogar die Philharmoniker. Dirigenten gibt's wie Sand am Meer, für knappe 200 000 bring ich Ihnen jede Menge.«

»200 000«, spottete der Kellner. »Firlefanz! Motzkin hat noch zweieinhalb Millionen in der Tasche. Kinder, wie wär's mit einem wissenschaftlichen Frauenmagazin für die äthiopischen Neueinwanderer?«

»Weder das eine noch das andere kommt in Frage«, entschied der junge Geigenvirtuose. »Motzkin, hättest du bis Mittwoch 50 Pfund für mich?«

Motzkin saß schweißgebadet und stirnrunzelnd vor der leeren Kaffeetasse. Man kann schon verstehen, warum er leicht gebückt ist. Er hat ein Budget.

Man darf trotz allem nicht annehmen, daß ein Motzkin allein für die absurde Höhe der Steuerabgaben schuldig sei. Außerdem gibt es diesen Motzkin ja auch nur vorübergehend, irgendwann wird auch er mal das Zeitliche segnen. Die wahre, massive Verschwendung findet in den betagten Institutionen statt, die, ähnlich wie alte Soldaten, niemals sterben.

Von der Überlebenskunst gemeinnütziger Organisationen

Die historische Institution, von der wir sprechen, wurde um die Jahrhundertwende in Jerusalem gegründet, um die jüdische Gemeinde den türkischen Behörden gegenüber zu vertreten. Sie war notwendig, weil die jüdische Gemeinde einer Reihe harter Beschränkungen unterlag, deren Einhaltung dem jeweils regierenden Pascha ein Herzensbedürfnis war.

Unter der Bezeichnung »Ottomanisch-Jüdische Wohlfahrts-Einrichtungs-Hilfe«, abgekürzt OJWEH, nahm die neue Gesellschaft ihre segensreiche Tätigkeit auf und versuchte vor allem die härtesten Verbote wie das öffentlicher Diskussionsabende oder privater Beschneidungsfeiern aufzuweichen, was ihr durch erfolgreiche Bestechung dreier Paschas hintereinander tatsächlich gelang.

Nach einiger Zeit machte sich jedoch auch bei dieser Gesellschaft eine Erscheinung geltend, die für jüdische Gesellschaften symptomatisch ist, nämlich Geldmangel. Was pflegen jüdische Gesellschaften in solchen Fällen zu tun? Sie gehen schnorren. So geschah es auch im Falle der OJWEH. Überall auf der Welt, wo es Juden gab, tauchten jene blau-weißen Sammelbüchsen auf, die uns allen so lieb und vertraut geworden sind und auf denen man einen kleinen Knaben sah, der in der Hand eine Sammelbüchse hielt, auf der man einen kleinen Knaben sah, der in der Hand und so weiter – bis genügend Geld vorhanden war, um von den Türken Diskussions- und Beschneidungsfreiheit zu erkaufen.

Zugleich entstand ein Liedchen, das bei entsprechenden Anlässen gerne gesungen wurde:

»Wir Juden haben, wie bekannt,
Von altersher ein Heimatland.
Für dieses muß man wirken,
Sonst knechten uns die Türken.
Drum hört, ihr Juden in der Welt:
Wir brauchen Geld, wir brauchen Geld!«

Die Juden in der Welt begegneten dem OJWEH-Appell mit offenen Ohren und ebensolchen Taschen. Sie spürten, daß jeder Pfennig, den sie spendeten, einen wichtigen Schritt in eine richtige Richtung bedeutete, ohne daß sie genau gewußt hätten, in welche. Jedenfalls gingen die Spenden so zahlreich ein, daß sich die OJWEH genötigt sah, ihre Tätigkeit auf eine breitere Basis zu stellen. Es wurde ein Verwaltungsgebäude errichtet, das mit einer großen Menge von Amtsräumen, Schreibtischen und sonstigem Zubehör ausgestattet war, und wer dem Verwaltungsrat angehörte, hatte auf Lebenszeit ausgesorgt. Die freiwilligen Spenden wurden in regelmäßige Jahresbeiträge umgewandelt, die auf Wunsch auch monatlich gezahlt werden konnten und in der einen oder anderen Form wirklich gezahlt wurden. Für die Juden in der Welt, zumindest für jene, die in gesicherten Verhältnissen lebten und infolgedessen ein schlechtes Gewissen hatten, galten die OJWEH-Zahlungen als Ehrensache.

Der Erste Weltkrieg bereitete diesem paradiesischen Zustand ein Ende: Die Türken verloren Palästina an die Engländer. Und was immer man über die englische Mandatarmacht denken mag – man muß zugeben, daß sie gegen Diskussionen und Beschneidungen nicht nur nichts einzuwenden hatte, sondern sie geradezu ermutigte. Das war ein schwerer Schlag für die OJWEH. Ihre Bemühungen, eine Wiedereinführung der alten Verbote durchzusetzen, scheiterte an der Mauer britischer Gleichgültigkeit.

Der berühmte Kongreß von Singapur beriet über Maßnahmen zur Bewältigung der ausgebrochenen Krise und beschloß einstimmig, daß die OJWEH ihre verantwortungsvolle Tätigkeit trotz aller Hindernisse, die ihr ein feindseliges Kolonialregime in den Weg legte, unbedingt fortsetzen und sogar beträchtlich ausweiten müsse. Zu diesem Zweck wurde ihr Beamtenstab um mehrere tausend Mitarbeiter vergrößert und in jeder wichtigen Stadt ein eigenes Verwaltungsgebäude errichtet. Neue Aktionen, wie etwa die Kampagne »Kanarienvögel für unsere Kindergärten«, setzten neue, populäre Akzente. In bezug auf das Verbot öffentlicher Diskussionen und privater Beschneidungsfeiern ließ sich allerdings gar nichts machen. Sie blieben gestattet. Auch die Türken kamen nicht zurück.

Der historischen Gerechtigkeit halber sei vermerkt, daß die Kindergärten außer mit Kanarienvögeln auch mit Käfigen und Vogelfutter versorgt wurden. Damit erreichte die OJWEH den bis dahin höchsten Gipfel ihrer Beliebtheit.

Doch das Schicksal schlug abermals zu: der Staat Israel wurde gegründet und entzog der altehrwürdigen Gesellschaft aus ottomanisch-jüdischen Tagen den Boden unter den Füßen. Diskussionen und Beschneidungen waren fortan eine Selbstverständlichkeit, an die Kanarienvögel in den Kindergärten hatte man sich längst gewöhnt, und was an Verboten existierte oder entstand, blieb als israelisches Eigenprodukt dem Zugriff der OJWEH entzogen. Wie, so fragte man sich im ganzen Land, würde sie dem Dilemma begegnen? Die Antwort erfolgte auf dem in Kopenhagen abgehaltenen XXIII. Kongreß, der eine von allen 13000 Delegierten gebilligte »Bestands-Proklamation« verabschiedete:

»Die OJWEH muß weiterbestehen, denn:

1. Sie sichert den Lebensunterhalt von 67000 Beamten.
2. Jeder Beamte hat eine Familie.
3. Jede Familie hat Kinder.
4. Man kann eine Organisation, die seit so langer Zeit besteht, nicht einfach auflösen.«

Zum Abschluß der Konferenz sangen die 14000 Delegierten – im Verlauf der Debatte waren weitere 1000 hinzugekommen – das alte OJWEH-Lied mit leicht aktualisiertem Text:

»Wir Juden haben, wie bekannt,
Von altersher ein Heimatland.
Wir haben's wirklich, aber
Jetzt drohn uns die Araber.
Drum hört, ihr Juden in der Welt:
Wir brauchen Geld, wir brauchen Geld!«

Nachdem der Fortbestand der Organisation gesichert war, holte man zahlreiche Organisationsfachleute aus dem Ausland, die im »Exekutivzentrum«, einem neu errichteten Hochhaus, untergebracht wurden und eine Reihe vielversprechender Projekte ausarbeiteten. Der Slogan »Ein Blumentopf in jedes Fenster« erwies sich als ähnlich erfolgreich wie einst die Kanarienvogel-Kampagne, und die Aktion »Ein Beamter – ein Baum« veranlaßte die Einwohnerschaft Israels zum Pflanzen von Bäumen auf die Namen der einzelnen OJWEH-Beamten. Bald trugen 98 000 Setzlinge zur landschaftlichen Schönheit unseres jungen Staates bei.

Ungeachtet dieser überwältigenden Befähigungsnachweise war es klar, daß die OJWEH auf die Dauer nicht ohne offizielle Unterstützung existieren könnte. Der XXXVII. Kongreß, der in Neuseeland stattfand, richtete an die Regierung den dringlichen Appell, »einer Gesellschaft, an deren Bedeutung für unser Land nicht gezweifelt werden kann, gesetzlichen Status zuzuerkennen und 136000 pragmatisierte Beamte und Wähler vor dem Gespenst der Arbeitslosigkeit zu schützen«.

Wie es sich für ein demokratisches Staatswesen ziemt, wurden nicht alle Forderungen des Kongresses von der Regierung erfüllt. Es wurde ausdrücklich festgelegt, daß die OJWEH kein Recht hatte, von den Bürgern des Staates Geldmittel einzutreiben, es sei denn, der betreffende Bürger

bewohnte ein Haus;
trank Wasser;
besuchte Kinovorstellungen;
rauchte;
war über drei Jahre alt;
lebte im Nahen Osten.

Zwecks wirksamer Durchführung dieser Bestimmungen errichtete die OJWEH 23 neue Verwaltungsgebäude und die israelische Regierung erhöhte den Spitzensteuersatz um 1,75 Prozent.

Nun, OJWEH wird leben bis ans Ende aller Zeiten. Diese alteingesessene Institution ist heute schon viel zu personenreich, um sich mir nichts dir nichts liquidieren zu lassen. Außerdem, was fängt man schon mit einer solch riesigen Leiche an? Da ist es naheliegender, sie mit großzügigen Geldspenden am Leben zu erhalten.

Diese humanitäre Grundeinstellung trifft übrigens auch auf jüngere, jedoch nicht minder saugfähige Institutionen zu.

Wie beispielsweise Banken.

Jawohl, die Banken. Wir haben da eine sonderbare Erscheinung vor uns, über die wir uns etwas ausführlicher unterhalten sollten. Diese riesigen Geldinstitute scheinen nämlich gegen die Seuche der Einkommensteuer immun zu sein, obwohl sie keine Möglichkeit haben, wie alle normalen Bürger das Finanzamt zu bescheißen. Eine übernatürliche Erscheinung, ganz zweifellos.

Oder sollte hier eine spezifische Schwäche zu diagnostizieren sein, der jede politische Führung unweigerlich verfällt, wenn sie einem derart großen Geldsack begegnet? Ist dies vielleicht der Grund, warum Finanzminister plötzlich zu verkehrten Robin Hoods werden, die den Armen das Geld klauen, um es unter die bedürftigen Banken zu verteilen?

Man kann sich jedenfalls kaum des Verdachts erwehren, daß die Banken, vor allem die größeren, über den Steuergesetzen stehen. Wie sonst ließe sich die seltsame Erscheinung erklären, daß in der kalten Erntezeit, wenn die Steuerzahler wie Blätter vom Baum fallen, die Bankfilialen aus dem Boden schießen wie Fliegenpilze nach dem Regen. Oder gibt es irgendwo ein Gebäude im Westen, in dem sich noch keine Bankverbindung eingenistet hat?

Ich schließe nicht aus, daß auch die Lösung dieses ökobiologischen Rätsels in den geheimen Tiefen der fiskalischen Gesetze zu suchen ist. Diese Gesetze urteilen zwar den Erwerb eines Geschäftslokals als dubiose Liegenschaftsspekulation ab und belegen ihn mit Sonderbesteuerung, aber dasselbe Lokal wird von jeglicher Steuerlast befreit, sollte sich dort ein vereinsamter Bankdirektor mit Uschilein niederlassen. Die Zweigstelle-für-Zwei wird dann als eine »konstruktive Investition zur Schaffung neuer Einkommensquellen« aus der Taufe gehoben und liebevoll auf dem Schoß des Fiskus gehätschelt...

Die Schlußfolgerung? Keinen Besitz kaufen, Zweigstellen eröffnen.

Woher nehmen aber die Banken die finanziellen Mittel für diese krankhafte Filialenexplosion? Auch darauf gibt's eine Antwort, und zwar – von mir.

Bankkredit als Glaubenssache

»Wenn ich Sie recht verstehe, mein Herr, brauchen Sie ein Darlehen, das Ihre persönliche Wirtschaftslage stabilisieren soll«, sagte Herr Feintuch, Inhaber der Feintuch-Bank und Vorsitzender ihres Aufsichtsrates. »Es wird uns eine Ehre sein, Sie mit der gewünschten Summe zu versorgen. Zugleich möchte ich Ihnen meinen Dank dafür aussprechen, daß Sie sich an unser Institut gewendet haben.«

Auf diesem Niveau hatte sich das Gespräch von Anfang an bewegt. Besonders Herr Feintuch bediente sich einer außerordentlich gewählten, ebenso höflichen wie taktvollen Ausdrucksweise. Der erfahrene Finanzmann hatte offensichtlich in dem Augenblick, als ich sein geschmackvoll ausgestattetes Büro betrat, eine tiefe Zuneigung zu mir gefaßt. Davon überzeugten mich die zwei vollen Stunden, die bis zum jetzigen Zeitpunkt verstrichen waren. Herr Feintuch verbreitete sich zuerst über die moralischen Aspekte des Falles, dann über die humanistischen und schließlich über die finanzpolitischen: Der Bürger – das war ich – muß zwecks unvorhergesehener Steuerschulden über ein bestimmtes Kapital disponieren können. Daraufhin unternimmt die Gesellschaft – das war Herr Feintuch – die geeigneten Schritte, die ihm, dem Bürger, die Erfüllung seiner Bedürfnisse ermöglichen.

»Wir sind indessen keine bloßen Finanziers«, betonte Herr Feintuch. »Wir sind auch Menschen, und zwar Menschen von höchster Integrität. Wie Sie zweifellos wissen, mein Herr, kommt das Wort ›Kredit‹ vom lateinischen ›credere‹, das heißt soviel wie glauben, vertrauen. Und in der Tat: Unser Unternehmen kann nur auf der Basis wechselseitigen Vertrauens funktionieren. Nehmen Sie meine besten persönlichen Wünsche entgegen, gekoppelt mit den besten Wünschen unseres ganzen Instituts und seiner Mitarbeiter.«

Wir erhoben uns aus den betörenden Tiefen

unserer Lederfauteuils und tauschten einen festen Händedruck.

»Nun gut«, resümierte Herr Feintuch feierlich. »Und wie hoch ist der Betrag, den Sie wünschen?«

»Sechstausend.«

»Pfennig?«

»Nein. Pfund.«

»Jetzt?«

»Jetzt.«

Herr Feintuch erbleichte, entschuldigte sich und verließ den Raum, um sich mit seinen Direktoren zu beraten. Eine halbe Stunde später kehrte er zurück. Über seinem Gesicht lag ein freundliches, wenn auch angestrengtes Lächeln:

»Ist Ihre Wohnung, wenn ich fragen darf, mit einer Hypothek belastet?«

»Nein.«

»Gott sei Dank.« Der Finanzmann ließ einen Seufzer der Erleichterung hören. »Und was nun die Zahlungsmodalitäten betrifft, so werden wir Sie bitten müssen, uns für jede monatliche Rückzahlungsrate im voraus einen signierten Wechsel auszustellen.«

»Selbstverständlich«, sagte ich.

Daraufhin erkundigte sich Herr Feintuch, wie lange ich brauchen würde, um meine Schuld abzuzahlen:

»Wenn wir Ihnen 6000 Pfund für einen Zeitraum von fünf Jahren vorstrecken, beläuft sich die monatliche Rückzahlungsrate auf 100 Pfund. Ist das zuviel?«

»Offen gestanden, ja.«

»Dann käme Ihnen wohl ein etwas längerer Zeitraum gelegen, nicht wahr? Bitte sehr. Bei einer Laufzeit von zehn Jahren betragen die Monatsraten nur 50 Pfund.«

»Danke vielmals.«

»Keine Ursache.« Aus Herrn Feintuchs Stimme sprach jenes Wohlwollen, das für ihn so charakteristisch war. »Langfristige Kredite gelten in inflationären Zeitläuften als gute Investition. Da wir jedoch zuallererst das Interesse unserer Kunden im Auge haben, möchte ich Ihre Aufmerksamkeit auf die üblichen zehn Prozent lenken.«

»Was bedeutet das?«

Herr Feintuch beschäftigte sich ein wenig mit der Rechenmaschine auf seinem Schreibtisch und gab mir dann die erbetene Auskunft:

»Für 6000 Pfund auf fünf Jahre zahlen Sie 1500 Pfund Zinsen. Das macht in zehn Jahren ... lassen Sie mich sehen ... 3000 Pfund.«

Ich konnte mein Entsetzen kaum verbergen:

»3000 Pfund als zusätzliche Zahlung zu den Monatsraten, das ist aber eine recht kräftige Belastung!«

»Wo denken Sie hin«, beruhigte mich eilends Herr Feintuch. »Wir würden unseren Kunden eine derartige Zusatzbelastung niemals aufbürden. Im Gegenteil. Wir kassieren diese Dividende im voraus, so daß der Klient praktisch überhaupt keine Zinsen zu zahlen hat. Er refundiert uns nur das Kapital als solches.«

Das klang vernünftig. Ich würde also einen Kredit von 6000 Pfund auf zehn Jahre aufnehmen, und man würde mir die Zinsen im voraus abziehen. Auf diese Weise bekäme ich zwar nur 3000 Pfund auf die Hand, wäre aber mit monatlichen Rückzahlungen von nicht mehr als 50 Pfund für die nächsten zehn Jahre ganz gut dran. Bei einer Laufzeit von 20 Jahren wäre ich allerdings noch besser dran.

Ich gab Herrn Feintuch zu verstehen, daß ich eine zwanzigjährige Laufzeit vorziehen würde.

»Ganz wie Sie wünschen.« Herr Feintuch war die Liebenswürdigkeit selbst. »Für 6000 Pfund betragen die Zinsen bei einer Laufzeit von zwanzig Jahren 6000 Pfund. Aber dafür beträgt die monatliche Rückzahlungsrate nur 25 Pfund«.

Ich stellte eine hurtige Kopfrechnung an: Wenn ich mir jetzt 6000 Pfund ausborge, von denen mir sofort 6000 Pfund abgezogen werden, brauchte ich mich um nichts mehr zu kümmern, und die 25 Pfund monatlich würden mich schon nicht umbringen. Heutzutage, wo die Inflation mit jedem Tag ansteigt, ist es ja ein Wunder, daß man überhaupt noch ein Darlehen bekommt. Wer weiß, was das Geld in zwanzig Jahren wert sein wird. Aber darüber sollen sich die Banken den Kopf zerbrechen. Was mich betrifft, so kann die Laufzeit gar nicht lange genug dauern.

Plötzlich durchschoß ein kühner Gedanke mein Gehirn:

»Herr Feintuch«, sagte ich mit heiserer Stimme, »wie wär's, Sie gäben mir einen Kredit auf dreißig Jahre?«

Herr Feintuch dachte ein wenig nach. Meine grenzenlose Geldgier schien ihm nicht zu behagen.

»Na ja«, meinte er schließlich. »Warum nicht. Also dreißig Jahre.« Wieder hantierte er an seiner Rechenmaschine. »Damit reduzieret sich Ihre monatliche Zahlung auf 16,50 Pfund. Wirklich eine Bagatelle.«

Die zehn Prozent Zinsen von 6000 Pfund auf dreißig Jahre beliefen sich auf insgesamt 9000

Pfund. Das ergab eine Summe von 3000 Pfund zu meinen Lasten. Ich zog mein Scheckbuch hervor und überreichte Herrn Feintuch einen Scheck auf 3000 Pfund. Dann unterschrieb ich 360 korrekt vordatierte Schuldscheine zu 16,50 Pfund, und dann machten wir uns an die Ausarbeitung der Formulare für eine Hypothek auf meine Wohnung. Die Bürgen werden morgen unterschreiben.

Die beste Ehefrau von allen schien über meine Transaktion nicht restlos erfreut zu sein. Ich hätte, so fand sie, die Laufzeit des Kredits auf fünfzig Jahre erstrecken sollen.

»Sehr gescheit gedacht«, entgegnete ich sarkastisch. »Und wo soll ich die 9000 Pfund für die im voraus zu entrichtenden Zinsen hernehmen?«

Ein strafender Blick begleitete ihre Antwort:

»Das kann doch nicht so schwer sein. Da nimmt man eben einen langfristigen Kredit auf. Das können wir doch, du Dummkopf, von der Einkommensteuer abziehen!«

Die Einkommensteuer ist natürlich eine Neidsteuer.

Nicht vom Neid der Armen auf die Reichen ist hier die Rede, sondern vom Neid der Registrierten auf die Nicht-Registrierten. Es ist der Neid der Unglücklichen auf die Glücklichen, die die Möglichkeit, die Stirn und das Talent haben, erfolgreich die Steuern zu bescheißen, und sich dann dem Exklusivclub der Hinterzieher-Aristokratie im Villenviertel anschließen, gleich neben den luxuriösen Bungalows der Drogenmafiabosse.

Das sind übrigens nicht die einzigen Adeligen, die in diesem Treibhaus des Pflichtbetruges, in dieser Untergrundwirtschaft der doppelten Buchführung sprießen. Es gibt auch eine taufrische Aristokratie, die den Neureichen, was die Ehre anbelangt, in nichts nachsteht. Ich spreche von den Neubankrotteuren. Dieser aufsteigenden Prominenz kann man heutzutage auf Schritt und Tritt begegnen. Meist sind sie gutaussehende, elegant gekleidete Männer mit grauen Schläfen, bei deren Betreten des Schickeria-Lokals gleich Gerüchte auflodern:

»Das ist das Bauunternehmen Z. Er hat sein gesamtes Vermögen verloren und ist völlig pleite. Allein der Einkommensteuer schuldet er 800000 Mark...«

Das Verhalten des Mannes entspricht seiner hohen gesellschaftlichen Stellung. Sein Auftreten zeichnet sich durch ungeschminkten Hochmut und durch Arroganz aus. Nur beim Erscheinen eines noch vornehmeren Markgrafen im Lokal wird er klein, vor allem wenn es sich beim neuen Gast um den Grundstückshändler S. handelt, der dem Finanzamt nicht nur Millionenbeträge schuldet, sondern der erst gestern auf Kaution freigelassen wurde. Eine Persönlichkeit diesen Ranges muß höchstens vor dem erfolgreichen Importeur F. den Hut ziehen, der gewohnheitsmäßig auf der Flucht ist, und seine Zelte seit vorgestern in der uruguanischen Botschaft aufgeschlagen hat. In seinem Wappen trägt der adlige Flüchtling zwei ungedeckte rote Schuldscheine im giftgrünem Feld des Zollfreilagers ...

Ohne geplatzte Schuldscheine kommt man in dieser neuen Bankrotteur-Aristokratie sowieso nicht weiter. Der Großteil der Gerichtshöfe befaßt sich dieser Tage gerade damit. Wie sagte doch ein italienischer Großhändler so treffend, anläßlich des Gala-Empfangs zur Ernennung seines neuen Bankrottverwalters.

»Der Schuldschein ist nichts anderes, als die offizielle Verpflichtung der einen Seite, der anderen Seite eine gewisse Summe zu einem gewissen Termin unter gar keinen Umständen auszubezahlen.«

Man muß zugeben, daß die Angehörigen der neuen Aristokratie ihr Schicksal mit bemerkenswerter Fassung tragen.

»Alles kann mir das Finanzamt nehmen«, sagte der Großindustrielle W., als er seinen dritten Bankrott erklärte. »Meine Ehre, meinen Stolz, meinen guten Ruf. Aber etwas wird es mir nie nehmen können. Mein Vermögen. Es wurde nämlich rechtzeitig auf den Namen meiner Frau übertragen.«

Die wohltuende Wirkung eines Bankrotts ist zweifelsohne integraler Bestandteil des Systems, das Anständigkeit zur Charakterschwäche herabwürdigt. Neben dem gesellschaftlichen Ansehen profitiert der Bankrotteur auch noch von einer ganzen Reihe anderer Vorteile, darunter interessanterweise auch von der Stabilisierung seiner unstabilen finanziellen Lage.

Der einfachste Weg zum Wohlstand

Vorbereitungen

Ein solider Bankrott läßt sich natürlich nicht aus dem Ärmel schütteln. Er erfordert sorgfältige Vorbereitung und höchste Glaubhaftigkeit.

Der erste Schritt besteht in der Gründung einer Firma mit einem eindrucksvollen, möglichst fremdländisch klingenden Namen. Es ist gleichgültig, ob die Firma sich mit Import oder Export, Zeitungsartikeln oder Textilwaren beschäftigt. Hauptsache, daß sie es mit beschränkter Haftung tut, im folgenden »mbH« abgekürzt. »Haftung«

bedeutet, daß jemand haftet, »beschränkt« weist darauf hin, daß man selber nicht dieser Jemand ist. Man selber kann die Firma zu dem vorbestimmten Bankrott führen. Das geschieht, indem man Verträge abschließt, Anzahlungen kassiert, Waren bestellt, Lieferungen verzögert, Kredite aufnimmt und dergleichen mehr. Für diese unermüdliche Tätigkeit bezieht man ein hohes Gehalt, setzt sich ein reichliches Spesenkonto aus und unternimmt Geschäftsreisen an die Riviera. Die beste Ehefrau von allen wird mit dem Posten eines Vizebankrottdirektors betraut und erwirbt das Firmenauto gegen eine Anzahlung von 2,40 Pfund in langfristigen Raten.

Allerdings muß man mit dem Mißtrauen der Geschäftspartner rechnen. Bevor sie Kredite gewähren, wollen sie wissen, ob die mbH Geld auf der Bank hat.

Sie hat. Wieso hat sie? Ganz einfach. Man borgt der mbH aus seiner eigenen Tasche einen bestimmten Betrag und legt ihn auf die Bank, so daß ihn jeder sehen kann.

Und dann macht man Bankrott.

Der Bankrott ist unvermeidlich. Infolge leichtfertigen Steuer- und Finanzgebarens gerät die mbH immer tiefer in die roten Zahlen, bis eines Tages ihre Gläubiger zusammentreffen, sich an einen langen Tisch setzen und mit den geplatzten Wechseln der Firma Patiencen legen. Es folgen sechs schwierige Monate voll von Drohungen, wütenden Telefonanrufen, eingeschlagenen Fensterscheiben und letzten Warnungen nervöser Rechtsanwälte.

Diese Frist muß man geduldig überstehen.

Der Wendepunkt

Kurz bevor der Wendepunkt eintritt, begibt man sich zur Bank, behebt das Darlehen, das man der mbH gewährt hat, und steckt es in die eigene Tasche zurück. Sodann bittet man die Gläubiger zu einer Generalversammlung ins Philharmonische Auditorium und hält ihnen folgende Ansprache:

»Meine Freunde, ich bin bankrott. Ich habe hart gekämpft, ich habe alle erdenklichen Opfer gebracht, ich habe getan, was ich konnte – es war vergebens. Die mörderische Steuerwirtschaft unserer erbärmlichen Regierung hat mich zugrunde gerichtet. In diesem Land ist es einfach unmöglich, sich eine Existenz aufzubauen. Meine Firma hat keinen Groschen an Vermögen. Sie hat nichts als Schulden. Das ist die traurige Wahrheit. Jetzt, da ich sie Ihnen eingestanden habe, fühle ich mich besser. Ich danke Ihnen für Ihre Aufmerksamkeit.«

Die Gläubiger starren glasigen Auges vor sich hin. Sie wissen, daß sie nichts machen können. Das Geld, um das sie bangen, ist ja nicht im Besitz einer Person, sondern einer mbH, und die hat keines. Was soll man auch von drei Buchstaben anderes erwarten.

Im Auditorium herrscht die lähmende Stille hoffnungsloser Verzweiflung.

»Es besteht jedoch«, so läßt man sich in diese Stille hinein vernehmen, »es besteht, meine Freunde, vielleicht die Chance eines Auswegs. Wenn Sie mich weiterarbeiten lassen, wenn Sie mir eine kleine Atempause gewähren, sagen wir von einem Monat oder von zwei Jahren, dann könnte sich, wer weiß, vielleicht eine Möglichkeit ergeben, daß ich die Schulden meiner Firma auf Heller und Pfennig zurückzahle.«

Im Gemurmel und Geraune, das daraufhin um sich greift, erhebt sich einer der Hauptgläubiger, sagt: »Entschuldigen Sie uns, bitte« und sucht mit einigen anderen das Restaurant an der Ecke auf, wo über die weiteren Schritte beraten wird. Allen ist klar, daß keine Wahl bleibt. Wenn sie die mbH den offiziellen Bankrott erklären lassen, sehen sie nie wieder einen Pfennig. Denn was immer die mbH an Aktivposten besitzt, wird von den amtlichen Stellen zur Kostendeckung der Bankrottprozedur verschluckt, indessen der Bankrotteur, der sein Privatvermögen rechtzeitig in Sicherheit gebracht hat, sich frei wie ein Vogel auf neue Abenteuer begibt. Überdies macht es sich nicht gut, in die Geschäftsbücher einzutragen: »Eine Investition in Höhe von... hat sich in Luft aufgelöst.« Und bei einer Bücherkontrolle gibt niemand gerne die Auskunft: »Nun ja, leider, diese Summe mußten wir abschreiben.« Kurzum – was gibt es hier zu verlieren? Solange die Schuld nicht abgeschrieben ist, besteht noch ein Hoffnungsschimmer.

Infolgedessen lautet die Entscheidung der in die Halle zurückgekehrten Gläubiger:

»Also gut, machen Sie weiter.«

Da aber kriecht man mit purpurrotem Gesicht unter dem Tisch hervor und brüllt:

»Weitermachen? Möchten Sie mir vielleicht sagen: wie? Sie verlangen von mir, daß ich ohne jedes Betriebskapital die Leitung einer ruinierten Firma übernehmen soll? Lächerlich. Einfach lächerlich.

Eine sofort veranstaltete Geldsammlung erbringt 4000 Pfund in bar und 33600 Pfund in Wechseln.

Die Zeit der Verwöhnung

Es ist das Schicksal des ewigen Gläubigers, seinem Geld bis zum letzten Atemzug nachzujagen. Dem neuen Leiter der mbH werden also neue Kredite gewährt, mit der Auflage, daß wir unter keinen Umständen Bankrott anmelden und unseren Pflichten gegenüber der mbH nachkommen. Die Gläubiger behandeln uns wie ein rohes Ei und verwöhnen uns in jeder Hinsicht. Es ist kaum zu fassen, was man aus einem gut dressierten Gläubiger herausholen kann, den Berichten zufolge soll Menasche Sulzbaum, der König der Bankrotteure, eine Versammlung seiner Gläubiger dazu gebracht haben, im Chor für ihn zu beten, ehe er sich gnädig zur Fortsetzung seiner Tätigkeit als Firmenmanager bereit erklärte. »Lieber Gott«, betete die Versammlung, »bitte mach, daß Menasche Sulzbaum gesund bleibt. Amen.«

Ängstliche Gemüter lassen den jeweiligen Schuldner regelmäßig und auf ihre Kosten ärztlich untersuchen, achten darauf, daß er ein geregeltes Geschlechtsleben führt, versorgen ihn mit Taschengeld, Theaterabonnements und Massagen – nur damit er bei guter Laune und in guter Verfassung bleibt. In einigen Fällen hat der Hauptgläubiger, damit nichts schiefgeht, seine Tochter mit dem Bankrotteur verheiratet oder hat ihn als Universalerben eingesetzt.

Kein Zweifel, der Bankrott ist der sicherste Weg zum Erfolg, zur Beliebtheit, zur bequemsten Form von Dolce Vita. Natürlich muß man die Gläubiger bei der Stange halten und beim geringsten Nachlassen ihrer Disziplin scharf einschreiten:

»Wenn ich's recht bedenke, brauche ich das alles nicht. Ich mache Bankrott und habe meine heilige Ruhe!«

Das bewirkt eine sofortige Steigerung der Fürsorge und Ehrerbietung, denn der Bankrotteur ist in der stärkeren Position.

Die Gefahr

Es kommt jeodch auch vor, daß der Bankrotteur die Kontrolle über sein Lebenswerk verliert und unter dem Einfluß von Alkohol oder in einem Anfall von Geistesgestörtheit die Schulden seiner

Firma abzudecken beginnt. Solange diese Zahlungen einen Betrag von 200 Pfund im Jahr nicht überschreiten, schadet das nicht, im Gegenteil, es erhöht die Spannung. Erst wenn die Sinnesverwirrung des Bankrotteurs so weit geht, daß er die ganze Schuldsumme bezahlt, ist er verloren. Der Zorn eines Gläubigers, dem sein Geld zurückgezahlt wird, kennt keine Grenzen. Er ist um seinen Lebensinhalt gebracht, und es soll schon vorgekommen sein, daß der redliche Zahler zum Dank verprügelt wurde. Im übrigen droht ihm das Schicksal jedes ehrlichen Menschen: er wird verhöhnt, betrogen und mißbraucht.

Es möge deshalb jeder halbwegs Vernünftige dafür sorgen, bis ans Ende seiner Tage unter einer möglichst hohen Schuldenlast zu stehen. Dann, und nur dann, ist ihm ein sorgenfreies Leben sicher.

Die große Frage

Nun wird sich mancher Leser fragen: Wenn das alles so ist – warum machen dann nicht alle Menschen Bankrott?

Die Antwort lautet, sie machen.

Wie schon so oft in diesem Buche stellt sich auch hier die Frage, warum die Behörden tatenlos zusehen, wie ein gewiefter Geschäftsmann zunächst die Kasse der GmbH und sein eigenes Bankkonto leert, die Beute auf dem Dachboden versteckt und sich anschließend gut gelaunt und frohen Mutes in seinem italienischen Fauteuil ausruht?

Nein, so ist es ganz und gar nicht. Gottes Mühlen mahlen zwar gelegentlich langsam, aber gerade jetzt, beim Verfassen dieser Zeilen, wird diesen fiktiven Bankrotteuren und anderen Hinterziehern das Handwerk gelegt. Der Finanzminister hat neue Steuerformulare ausgeklügelt, die die Betrügerei ein für allemal beenden. Der Minister verwendet einen kleinen, jedoch bedeutungsvollen Trick, den raffinierten § 11 D/3ff des neuen Formulars, der fragt:

»Ihre Vermögenslage und die Ihrer Gattin/Ihres Gatten und/oder Ihrer Kinder in Bargeld/auf Bankkontos/in Immobilien?«

Ein schlauer Leser weiß natürlich sofort, wo der Hase im Pfeffer liegt.

Beim Bargeld.

Bisher war es nämlich nicht unmöglich, daß ein gewissenloser Steuerzahler ein bestimmtes Einkommen nicht beim Finanzamt gemeldet hat, sondern es zu Hause in einem schwarzen Strumpf versteckte. Dann lachte er sich ins Fäustchen, zeigte dem Fiskus den Vogel und malte auf die Wand des Tiergartens eine Karikatur des Finanzministers im Halbprofil. Aber, wie gesagt, die Saison der schwarzen Strümpfe ist vorbei, § 11 D/3ff ist da.

Von nun an ist der Steuerzahler verpflichtet, detaillierte Auskünfte über sein, seiner Gattin/Gatten und/oder seiner Kinder im Strumpf verstecktes Bargeld zu erteilen und unverzüglich im Sinne von § 11 D/3ff mit der vollen gesetzlichen Steuer herauszurücken.

Das aber ist bestimmt erst der Anfang. Ich bin überzeugt, daß das nächste schlaue Formular schon unterwegs ist mit der bärenstarken Fangfrage: »Welche Summe hinterziehe ich, meine Gattin/Gatte und/oder meine Kinder?«

Und wer glaubt, daß dies bloß ein Witz ist, weiß nicht, wie ausgekocht die Burschen sind.

Natürlich wird es immer Menschen mit Angstkomplexen geben, die bis ans Ende ihrer Tage am Rande der Gesellschaft leben. Es sind jene armseligen Tölpel, die ihre Einnahmen bis zum letzten Pfennig verfassungsgemäß deklarieren, die sich standhaft weigern in fiktiven Bankrott zu gehen, und auch andere todsichere Lösungen empört von sich weisen. Diese Menschen schlafen zwar gut, aber wenig. Denn um gut zu schlafen, brauchen sie mindestens einen oder besser zwei geheime Nebenjobs, um die Abgaben für ihre registrierten Einnahmen zahlen zu können. Die Recherchen eines privaten Marktforschungsinstitutes ergaben folgende repräsentative Ergebnisse:

R. L. Hauptberuf: Städtischer Ingenieur. Verkauft in seiner Freizeit Lotterielose. Seine Frau stopft berufsmäßig Strümpfe und verschweigt diese Tätigkeit der Steuerbehörde. Während der Mittagspause singt sie im gemischten Unterhaltungsprogramm des Lokalsenders.

K. N. Hauptberuf: Kassierer. Seit siebenunddreißig Jahren in derselben Firma beschäftigt. Arbeitet bis Mitternacht als Akrobat, von Mitternacht bis 8 Uhr früh als Nachtwächter. Entschuldigt sich mit Magenkrämpfen vom Büro und näht zu Hause Hemden. Gelegentliche Unterschlagungen.

A. P. Hauptberuf: Bibelexperte. Arbeitet nachmittags als Testpilot. Bezog für sein zehntes Kind einen staatlichen Sonderbonus von 83,70 Pfund, steuerfrei. Hat zwei Töchter und einen Adoptivsohn an die Missionare verkauft. Tanzt bei Hochzeiten. Studiert Panzerschrankknacken.

T. A. Hauptberuf: Hohe Position im Schatzamt (Gehaltsklasse 8). Ist an den Abenden als Liftboy beschäftigt. Unterrichtet an Sonn- und Feiertagen Airobic. Schraubt in seinen Amtsräumen elektrische Birnen aus und verkauft sie. Urlaubsbeschäftigung: Spionage für eine fremde Macht.

S. P. Hauptberuf: Berühmter Schauspieler. Arbeitet in den Morgenstunden als Koch in einer arabischen Hafenkneipe. Pflegt nach Schluß der Vorstellung die Kritiker anzupumpen. Fängt Hunde, nimmt Ihnen die Halsbänder ab und verkauft sie an Secondhandshops. Verdingt sich in der Sommerpause als Meuchelmörder.

Aber schlafen tun sie gut, diese Leute. Ihr Gewissen ist rein, und das ist die Hauptsache. Renommierte Psychiater empfehlen diesen lobenswerten Lebenswandel, vorausgesetzt, sie müssen nicht quittieren. Es ist mir eine Ehre, hier die Lebensgeschichte eines gesetzesergebenen Gelehrten anzufügen, der seinen eigenen Weg fand, sich ohne jeden moralischen Schaden aus dieser Zwickmühle zu befreien.

Professor Honig macht Karriere

Dr. Imanuel Walter Honig wurde vor ungefähr sechzig Jahren in Frankfurt am Main geboren. Er absolvierte die Mittelschule in Prag, studierte Mathematik an der Universität Antwerpen und stürzte sich dann, obwohl ihn seine Eltern gerne als Immobilienhändler gesehen hätten, mit wilder Energie auf die Naturwissenschaften. Einen Doktortitel erwarb er an der Sorbonne, einen weiteren an der Universität Basel. Um diese Zeit war Imanuel Walter Honig fünfunddreißig Jahre alt, eine hartnäckige Lungenkrankheit hatte sein Studium verzögert.

Nach seiner endgültigen Genesung studierte Dr. Dr. I. W. Honig Nationalökonomie und Staatswissenschaften, ging nach Oxford und wurde dort mit vierzig Jahren Dozent in diesen beiden Fächern. Weitere fünf Jahre angestrengter wissenschaftlicher Arbeit machten ihm zum Direktor eines staatlichen Institutes in Rom. Während dieser fruchtbaren Periode verfaßte Professor Honig sein dreizehnbändiges Meisterwerk »Der Einfluß der Index-Schwankungen in den ökonomischen Statistiken auf die soziale Struktur des Mittelstandes«.

Als Fünfzigjähriger konnte er endlich seinen Lebenstraum erfüllen, sich in Israel niederzulassen. In einem bescheidenen Gemeindebau in Tel Aviv fand Professor Honig mit seiner Familie eine Wohnung. Die Familie bestand aus seiner Gattin Emma, zwei Kindern, seinem Vater und seinen Schwiegereltern. Er bekam auch sofort einen Posten als Mittelschulprofessor und lebte eine Zeitlang ohne wirkliche Sorgen. Seine Kollegen respektierten ihn als bedeutenden Wissenschaftler, und in seiner Freizeit entwickelte er eine neue Theorie über die Berechnung des Lebenserwartungs-Koeffizienten im Versicherungswesen.

Im Sommer 1971 begann die Krise. Er kam mit seinem Budget nicht mehr so recht aus, und da die Lebenskosten unaufhörlich stiegen, wurde es immer schwieriger, seine umfangreiche Familie zu ernähren. Schließlich mußte er sogar auf den Kauf der für seine Forschungsarbeit unentbehrlichen Bücher verzichten, und 1973 war es bereits so schlimm, daß er zu Fuß zur Schule ging und einmal in der Woche fastete. Um dem Leser die prekäre Situation Dr. Dr. Honigs vor Augen zu führen, geben wir nachstehend einen Überblick über sein Einkommen.

Monatseinkommen in Pfund

Jahr	brutto	netto nach Steuern	Bemerkungen
1971	253,70	201,45	Annahme eines Berufspostens durch die Ehefrau
1973	325,49	196,87	Gehaltserhöhung nach Hungerstreik

Nach und nach verkaufte Professor Honig sämtliche Wertsachen, bis er eines Tages nichts mehr zu verkaufen hatte, außer vielleicht seine älteren Verwandten. Da entschloß sich seine Gattin Emma zu einem verzweifelten Schritt und schrieb einen Brief an ihren in New York lebenden Onkel, den sie zeitlebens verabscheut hatte. Der Brief rührte des Onkels amerikanisches Herz, und kurz darauf traf ein Paket mit zwanzig Tafeln Schokolade von ihm ein. Was blieb dem Professor übrig, als das Paket an den Pedell zu verkaufen, der den Schülern während der Unterrichtspausen Süßigkeiten anbot?

Etwas später erfuhr Professor Honig durch Zufall, daß vom betrügerischen Pedell die Schokoladensendung, die er für insgesamt fünf Pfund erworben hatte, um 20 Pfund weiterverkauft wurde. Dr. Dr. Honig stellte den Pedell auf dem Schulhof:

»Dies ist im höchsten Grade ungerecht!«

Außerdem veranlaßte Dr. Dr. Honig seine Gattin Emma, noch einen Brief an den Onkel in Amerika zu schreiben, und als das nächste Paket kurz darauf ankam, verkaufte er den Inhalt selbst an die Schüler, und zwar um 1,20 Pfund pro Tafel.

Diese Einnahmen brachten das Monatsbudget des Professors halbwegs ins Gleichgewicht und beeinflußten im übrigen seine Einschätzung der statistischen Indexschwankungen wesentlich.

Nach einiger Zeit fragte sich Professor Honig, warum er eigentlich nur amerikanische Schokolade verkaufen sollte. Ab sofort verkaufte er auch heimische Erzeugnisse. Er tat das still und unaufdringlich, indem er nach Schluß des Unterrichts sein Warenlager aus der Schublade zog und seine Schüler fragte:

»Schokolade, Waffeln, saure Drops, Pfefferminz, Karamellen, alles erste Qualität...«

Die Schüler griffen gerne zu, und der Verkauf der Süßigkeiten verbesserte des Professors Einkommen zusehends. Anfang 1985 gab er den wöchentlichen Fasttag auf und fuhr wieder im Bus zur Schule. 1986 konnte er sich dann und wann bereits einen Kinobesuch leisten, und 1987 hatte er sogar ein wenig zugenommen. Seine Depressionen waren verschwunden, seine wissenschaftliche Arbeit machte Fortschritte. Das nicht ganz unberechtigte Minderwertigkeitsgefühl, das ihn gequält hatte, war verschwunden. Dr. Dr. Honig hat heute eine gesellschaftliche Stellung, die nur knapp unter der eines selbständigen Installateurs liegt.

Die nachfolgende Tabelle erklärt die erfreuliche Entwicklung in Ziffern:

Monatseinkommen

Jahr	brutto	netto nach Steuern	Bemerkungen
1986	342,30	342,30	
1987	351,00	351,00	Einführung von Eiscreme
1988	607,89	607,89	Einführung von Kaugummi

Vor einiger Zeit unterbrach ein bedauernswerter Zwischenfall die stürmische Bergfahrt seiner Karriere. Die Schulleitung protestierte dagegen, daß

Professor Honig in den Pausen mit Bauchladen durch die Korridore des Schulgebäudes strich, weil sich der ambulante Kleinhandel nicht mit den ethischen Verpflichtungen eines Lehrers vertrüge.

Professor Honig tat das einzig Mögliche: er kündigte und lebt seither nur noch vom Süßwarenhandel. Sein Kompagnon ist der Pedell, der früher an dieser Anstalt englische Literatur unterrichtet hatte.

Auch für Akademiker und für Intellektuelle ist also ein Plätzchen an der Sonne reserviert, falls sie in der Lage sind, sich mit gewissen Tatsachen des Lebens abzufinden.

Wie aber kann der Schriftsteller diesen Überlebenskampf bewältigen, vor allem eingedenk der Tatsache, daß die feigen Verleger alle seine Einnahmen auf Heller und Pfennig angeben? Wie sieht die Weltanschauung des aktiven Schriftstellers als Steuerzahler aus?

Schwer zu sagen. Üblicherweise wird die Weltanschauung mit dem Alter toleranter. Man denkt extrem, solange man jung ist, und wird mit den Jahren immer bürgerlicher.

Bei Bücherschreibern sieht es anders aus. Ihre Einstellung zur Wirtschaft wird von der Höhe ihrer Auflage bestimmt.

Nach einer Statistik des »Internationalen Instituts für angewandte Belletristik« ist bei Schriftstellern unter fünftausend verkauften Exemplaren eine starke Linkstendenz zu beobachten. Sie sind fast durchwegs leidenschaftliche Kämpfer für soziale und wirtschaftliche Gleichheit und kompromißloses, progressives Steuerzahlen.

In der Gruppe von fünf- bis fünfzigtausend verkauften Büchern bewegt sich der Autor unaufhaltsam auf das Zentrum zu, und seine wirtschaftspolitische Haltung signalisiert starke Kompromißbereitschaft. Ab hunderttausend Büchern läßt sein Verlangen nach sozialer Gerechtigkeit wesentlich nach, und er wird fanatischer Vorkämpfer für die Senkung der skandalösen Spitzensteuersätze.

Und wenn die Auflage die Millionengrenze überschreitet, ist der Schriftsteller schon längst über alle Berge, sagen wir in Monte Carlo.

Was mich persönlich anbelangt, habe ich keinen Grund zur Klage. Mein Gewissen ist rein wie eine Bergquelle. Ich befolge all die Steuergesetze, die ich so hartnäckig bekämpfe, und sooft sich mir die Gelegenheit bietet, schlafe ich sogar ausgesprochen gut. Ich bin das absolute Musterbeispiel eines verhältnismäßig guten Bürgers.

Ich beklage nicht einmal mein Mißgeschick, für einen Beruf geboren zu sein, dessen Einkünfte minutiös beim Steueramt registriert sind. Man kann im Leben halt nicht alles haben.

Etwas aber ärgert mich ungemein. Es gab einen Augenblick in meinem Leben, als ich mich nur eine Haaresbreite von einer steuerfreien Bereicherung trennte. Und ich Blödian habe diese einmalige Gelegenheit verpatzt, die mir das geneigte Schicksal und das abgeneigte Wirtschaftsregime auf einem silbernen Tablett präsentiert hatten.

Die Sache läuft

An diesem schicksalhaften Tag saß ich ausnahmsweise allein im Café. Nach einiger Zeit erschien Jossele, sichtlich in Eile:

»Möchtest du dich an einer geschäftlichen Transaktion beteiligen?« fragte er, ohne sich hinzusetzen.

Ich bejahte instinktiv und wollte Näheres über die Art der Transaktion erfahren.

»Darüber sprechen wir noch«, antwortete Jossele. »Ruf mich in einer Viertelstunde an, und wir setzen uns in einem anderen Lokal zusammen.«

Nach einer Viertelstunde rief ich an, und zehn Minuten später traf ich ihn in einem anderen Lokal. Er erklärte mir, daß die richtigen Leute mit der Durchführung dieser Transaktion betraut wären und daß der Geldgeber keinen Zweifel am

Erfolg hätte. Man müsse nur noch ein paar Kleinigkeiten organisieren, und da habe man eben an mich gedacht. Wir sollten, meinte Jossele, möglichst bald wieder zusammenkommen, um das alles genau zu besprechen, er warte auf meinen Anruf.

Ich war nicht nur interessiert, ich war aufgeregt. So eine Gelegenheit kommt ja nicht alle Tage. Lustige Geschichten zu schreiben, ist schön und gut, aber wenn einmal die richtigen Leute eine richtige Sache aufziehen, hat man endlich die Chance, großes Geld zu machen. Da muß man einsteigen. Nach meinem nächsten Anruf bei Jossele wurde ein Treffen aller Partner in Bennys Bar vereinbart.

In Bennys Bar machte mich Jossele mit dem Rechtsanwalt Dr. Tschapsky und einem Geschäftsmann namens Kinneret bekannt. Das Gespräch kam sofort zum Kern der Sache:

»Wir dürfen nicht zu lange zögern«, stellte Dr. Tschapsky fest. »Sonst versäumen wir den Anschluß. Die Voraussetzungen für eine solche Transaktion sind gerade jetzt sehr günstig. Leider weiß man nie, wie sich die Marktlage entwickelt.«

»Sie haben recht«, bestätigte ich. »Wovon sprechen wir?«

Bereitwillig gab mir Herr Kinneret die gewünschte Anwort:

»Wir sprechen von einer geschäftlichen Angelegenheit größeren Umfangs, die sorgfältig geplant werden muß, weil sie, wie jedes Geschäft, mit einem gewissen Steuerrisiko verbunden ist. Deshalb würde ich vorschlagen, daß wir zunächst einmal die personellen Aspekte überprüfen. Dann können wir sofort anfangen.«

»Womit?« fragte ich.

»Mit der geplanten Transaktion. Wer von den Herren ist bereit, die entsprechenden Fühler auszustrecken?«

Jossele erklärte meine Bereitschaft. Die anderen waren einverstanden. Es wurde beschlossen, daß ich mich gründlich umsehen und Jossele über das Ergebnis meiner Aktivitäten informieren sollte. Der nächsten Besprechung stünde dann nichts mehr im Wege.

Voraussetzt, daß alle Beteiligten über das vielversprechende Projekt strengstes Stillschweigen bewahren würden.

Ich wurde sofort aktiv, ging hierhin und dorthin, sprach mit verschiedenen Leuten und fragte sie, was sie von der Sache hielten. Sie meinten, daß zur Zeit auch noch einige andere aussichtsreiche Projekte in Schwebe wären. Man müßte sich einmal zu einer unverbindlichen Aussprache zusammensetzen, meinten sie.

Ich telefonierte mit Jossele, und wir vereinbarten die Abhaltung einer internen Konferenz in der Halle eines großen Hotels. Unsere Partner wollten als erstes hören, welche Eindrücke ich auf meiner Informationstour gewonnen hätte.

»Es sieht im ganzen nicht schlecht aus«, berichtete ich. »Um die Sache in konkrete Bahnen zu lenken, müssen wir uns allerdings darüber klarwerden, was wir wollen. Was wollen wir?«

»Wir wollen«, sagte Jossele, »vor allem die nötigen Bewilligungen einholen. Das ist wichtig.«

Dr. Tschapsky unterstützte ihn:

»Stimmt. Und wie die Dinge liegen, kann ich nur sagen: je früher, desto besser.«

Herr Kinneret fragte mich nach meiner Meinung über die Aussichten unseres Vorhabens. Ich sagte, daß wir alle Möglichkeiten bedenken sollten, um uns abzusichern.

Dr. Tschapsky nickte:

»Das halte ich tatsächlich für das beste. Nur nichts überstürzen.«

»Ganz meiner Meinung«, stimmte Jossele zu.

»Schön«, sagte Herr Kinneret. »Dann können wir unsere heutige Sitzung als geschlossen betrachten.«

»Und um was handelt es sich?« fragte ich.

Aber da war der Aufbruch schon so weit fortgeschritten, daß ich keine Antwort mehr bekam. In aller Eile wurde Lindas Stehcafé als Ort der nächsten Sitzung gewählt, und falls bis dahin etwas Unerwartetes geschähe, würden wir einander telefonisch verständigen. Jedenfalls aber sollte ich Jossele anrufen.

Ich rief ihn nicht mehr an. Meine Nerven versagten mir den Dienst.

Nächsten Donnerstag sah ich Jossele in Gustis Café an einem anderen Tisch sitzen. Er unterhielt sich angeregt mit einigen mir Unbekannten, kam aber sofort zu mir:

»Wo steckst du denn, zum Teufel? Du kannst doch nicht mitten in einer Transaktion abspringen? Warum bist du nicht zur Besprechung in Lindas Stehcafé gekommen?«

»Was soll's, Jossele«, entgegnete ich mit fast beleidigender Müdigkeit. »Wozu wäre das gut gewesen?«

»Wozu? Das kann ich dir sagen: Damals wurden für jeden von uns die ersten 14000 Pfund als Reingewinn unter dem Tisch ausgezahlt.«

»Der Reingewinn wovon?«

»Von dieser Transaktion, die wir in Angriff genommen haben.«

»Um was geht es bei dieser Transaktion?«

»So weit sind wir noch nicht«, fauchte Jossele. »Das wird sich rechtzeitig herausstellen. Hauptsache, die Sache läuft.«

Ich erhob mich wortlos, ging zur Telefonzelle und rief das nächste Krankenhaus an. Unsere Wirtschaft sei krank, meldete ich. Das wüßten sie, erwiderte das Krankenhaus, aber sie hätten im Augenblick kein Zimmer frei.

Ja, so war das also. Und seither müssen wir, der Finanzminister und ich, unser Brot mit dem Schreiben von Büchern wie diesem verdienen. Ich hoffe nur, daß der Finanzminister mein Buch mit dem nötigen Interesse studieren und die unvermeidliche Schlußfolgerung ziehen wird, daß man die Lohn- und Einkommensteuer, die Feinde der Arbeitsmoral, wesentlich senken oder vielleicht sogar gänzlich abschaffen sollte.

Ob so etwas möglich wäre? Ohne weiteres. Es stellt sich nur die Frage, ob das für uns, die Steuerzahler, wirklich zu wünschen wäre.

Weiß der Teufel...

In dieser delikaten Angelegenheit habe ich noch einen offenen Brief verfaßt, mit Sicherheit den letzten in diesem Buch. Er ist an meinen Finanzminister gerichtet, aber auch seine Kollegen rund um die Welt dürfen ihn ruhig lesen.

Sehr geehrter Herr Finanzminister

Mit Verwunderung entnahm ich letzthin der Presse, Euer Ehren ziehe in Erwägung, die Einkommensteuersätze zu senken. Wir hegen natürlich nicht den geringsten Zweifel daran, daß Sie damit nur edle Absichten verfolgen, dennoch möchten wir Euer Ehren mit allem Nachdruck bitten, die Sache nochmals zu überschlafen.

Einleitend möchte ich Exzellenz an die historische Tatsache erinnern, daß das jüdische Volk seit jeher zu den arbeitswütigsten der Welt gehört. Seit Urzeiten sind wir ganz versessen darauf uns mindestens drei verschiedene Jobs aufzuhalsen, vom Morgengrauen bis tief in die Nacht hinein zu schuften, und dies bei unserem subtropischen Klima.

Moses hat zwar seinerzeit den heiligen Sabbat erfunden um sein Volk zu zwingen, sich ein wenig auszuruhen, aber das Telefon und der Privatwagen haben inzwischen das gutgemeinte Experiment wieder zunichte gemacht. Unsere Frauen flehen uns an, uns doch nicht selbst vorzeitig ins Grab zu bringen, die Ärzte warnen eindringlich vor dem mörderischen Arbeitstempo...

Ohne Erfolg.

Sogar als die Steuern mehr als die Hälfte unseres Einkommens verschlangen, ließen wir uns noch nicht beeindrucken. Wir schrieben es der Kriegsgefahr und der Notwendigkeit zu, das monströse Haushaltsdefizit der Regierung zu tilgen.

Jetzt aber sieht es so aus, als sei von der Einkommensteuer nur die Steuer geblieben. Ein kurzer Blick auf die bunte Liste der Abgaben und Gebühren belehrt uns, daß nach Abzug der Steuern vom Einkommen eines zum zweiten Mal verheirateten Mannes mit drei Kindern, einer Geliebten mit Mutter und einem Opa im Rentenalter ein Nettoeinkommen übrigbleibt, mit welchem auch der sparsamste Gartenzwerg das Monatsende nicht erreichen könnte . . .

Und da fingen wir endlich an, uns zu schonen.

Was unsere Frauen, die Ärzte und der gute Moses nicht fertigbrachten, ist schließlich dem Finanzamt gelungen. Unsere Mitbürger, die sich seit der Staatsgründung in einem bürokratischen Hürdenlauf abgehetzt, und ihre Kräfte in einer krankhaften Karrierejagd erschöpft hatten, entdeckten nun plötzlich den berauschenden Geschmack unbegrenzter Freizeit und seliger Mußestunden, die kleinen Freuden eines genußvollen Ausstreckens auf einer Sommerwiese, die Entspannung bei einem guten Buch oder einem saftigen Pornofilm nach dem Picknick mit der lieben Familie. Wir haben begonnen zu leben, werter Herr Minister, dank Ihnen und Ihrem progressiven Steuersystem.

Nein, Herr Minister, wir verschwenden keine Zeit und Energie mehr auf das sinnlose Bemühen vorwärtszukommen. Bei über 60 Grad Steuer im Schatten verdampft auch die größte Ambition. Wir legen uns in den weichen Sand unserer herrlichen mediterranen Küste, lassen uns die Sonne auf den Bauch brennen und ruhen uns aus. Es gibt immer mehr Bürger mit gesunder Gesichtsbräune, und die Reihe der Liegestühle an der Strandpromenade wird täglich länger. Ihr Steuersystem macht unsere Welt zu einem großartigen Ferienparadies und dient gleichzeitig auf höchst effektive Weise der staatlichen Volksgesundheit.

Und in diesem erfreulichen Zustand wollen Sie, lieber Herr Minister, plötzlich die Steuern senken? Wieder schwitzen? Wieder herumhetzen?

Nicht mit uns, bitte.